宋德丽 中国作家协会会员、中国诗歌学会会员。在国内外各诗歌报刊发表诗歌、散文、报告文学，在《诗刊》《人民文学》《诗探索》《青年文学》《诗选刊》《星星诗刊》《诗歌月刊》《大家》《延河》《诗潮》《边疆文学》《滇池》《特区文学》《中诗网》等刊物、网站发表作品，多次在全国、省、地、市获文学创作奖，诗歌《神秘的乌蒙山》获第七届"中国长诗"最佳文本奖。已出版诗集《瞳仁里的月亮》《隐形岁月》《翅膀上的神灵》《心如旷野的鸟》《高枝上俯视人间》等多部作品。

云来云去

宋德丽

著

Song

De li

九 州 出 版 社
JIUZHOUPRESS

图书在版编目（CIP）数据

云来云去 / 宋德丽著 . -- 北京：九州出版社，
2024.7. -- ISBN 978-7-5225-3129-8

Ⅰ . I227

中国国家版本馆 CIP 数据核字第 2024DG2094 号

云来云去

作　　者	宋德丽　著	
责任编辑	周红斌	
出版发行	九州出版社	
地　　址	北京市西城区阜外大街甲 35 号（100037）	
发行电话	（010）68992190/3/5/6	
网　　址	www.jiuzhouopress.com	
印　　刷	唐山才智印刷有限公司	
开　　本	710 毫米 ×1000 毫米　16 开	
印　　张	31	
字　　数	285 千字	
版　　次	2025 年 1 月第 1 版	
印　　次	2025 年 1 月第 1 次印刷	
书　　号	ISBN 978-7-5225-3129-8	
定　　价	99.00 元	

在诗画中飞翔

海　男

宋德丽又要出新诗集了。在这个互联网时代，对宋德丽来说，写诗成了一种幸福的生活。我们住得很近，我是她重返诗坛的见证人之一。在过去的二十多年时间里，宋德丽处于另一种生活状态中，她曾在最美好的年华来到北京，加入了北上的队伍。那时候，她上了火车，求学的路上有雪花飞扬，也有未知的梦想召唤着她。

有了梦想，就能披荆斩棘，她的包中装着未写完的诗集，眼神像蓝天白云般干净。她带着年轻的梦想北上之后，将云路也带到了北京。那些久违的过往对今天的宋德丽来说，是一段又一段逍遥的时光，正是在这样的践行中，女诗人有了自我内心的精神所向。

坐在朝着北京奔驰而去的绿皮火车靠窗口的位置上，在她身后是不断远去的云南高原的丘陵和红土地，她的内心深处到底荡漾着什么样的波涛？宋德丽从小生活在滇东北高原——曲靖会泽的矿山小镇，从幼年到童年，她跟随父母经历了那一代人都经历过的物质贫乏的岁月。她有一个姐姐和三个弟弟，她的父母亲带着他们从小奔向学堂，奔向光明之路。正是早期的纯朴教育，让她爱上了写诗吟诵，之后她在曲靖从事教育工作，后又到北京求学写作。

她的故事就是从儿时面对屋宇天空开始的，她画笔下的飞鸟和色彩，诗歌中的意象也是从彩云之南、从家门口开始的。

当宋德丽乘火车来到北京之前，她已经历经了一个年轻女子该历经的很多故事。这些故事让她泪眼朦胧，坐在绿皮火车窗口的她，如同她最初的梦想和诗歌，正沿着一条漫无边际的人生之路向前奔驰而去。远方寄托着一个年轻女诗人的命运和梦想，她的目光里充满了希望，开始了生活的探索和冒险之路。

北漂一族中增加了一个云南阿诗玛家乡写诗的美丽的女诗人，其实，在北漂之前，她就已经写下了许多诗歌。来到北京后，她一边求学，一边写作，一边寻找生存之路，还到鲁迅文学院及北京师范大学学习。之后，她在《诗刊》和《人民文学》等刊物发表了许多作品，出版了两本诗集……在她早年的两本诗歌集中，充满了她青春期的色彩斑斓，也有童话般的意境和美的召唤。

时光属于过去，更多的属于现在和未来。在逝去的二十多年时光里，宋德丽为了生存中断了写作。当她重返写作时，我们再次相遇了，她突然间有了另一种写作的冲动，并且将早年的诗歌集整理编辑后重新出版，这显然是一个崭新的开始。一位女诗人，重新回到热爱的诗歌，本身就是一个故事，讲故事的人是她自己。当太阳重新升起来时，她将怎样把自己的人生故事讲下去？是的，一个女子将怎样去吟唱？

一个女诗人写诗之前或之后的经历，必然是她诗歌中一部分潜在的历史和记忆。宋德丽后来在中国少年儿童出版社工作，经常往返北京、云南两地，除了完成出版社繁忙的工作外，她奔波于云南山水间，为边疆老师学生送教、培训，这是除诗歌之外，她职业生涯中的另一种生活。在这过程中，她找到了一间属于自己的房子，有了自己长久的栖息地和书房。

我们再次相遇时，我跟她的住所离得很近，所以，我看见了她想重返诗坛的眼神。那也许是一个迷茫而美丽的黄昏，这个时间段的人更容易被梦想牵引，宋德丽的眼睛突然变得清澈明亮起来，她告诉我说，她想写诗歌了，她的眼神仿佛在告诉我，她想重新找回失去了二十多年的诗歌生涯。这一天，在她重新转身的时刻，这位穿着紫色丝绒裙的高原女子，回到了出发前的家，开始了她诗歌写作的又一轮回。

就这样，在几年前的另一个时刻，她让我阅读她新写出来的诗句。与青年时代早期的诗歌写作相比，她的诗风完全改变了：她的诗歌中弥漫着蓝天白云，她将诗意寄寓于彩云之上，她的诗中有云卷云舒，有鸟儿飞过的痕迹，有云掠过高原的幻象。她坚持着写出了云对于她心灵的抚慰，写出了她童话般的世界。来自她个人隐形的翅膀已飞翔于苍穹。这是她对美学的追求，也是她画布上的色彩。

除了勤奋之外，诗歌写作是需要天赋的。这种天赋除了上苍的给予外，还需要广博知识的积累，还需要对世界的接纳和融入，还需要对语言学的热爱……在这条充满孤独的路上，她像这个时代的所有人一样，不断地在学习和修行。

宋德丽每天的一首诗，成为她的人生在接近正午阳光时的礼物，这礼物首先是她献给自己的，其次，是献给暗渡她生命的故事及时间的。每天一首诗，让她的脸上有了喜悦和微笑，女诗人，只有寻找到自我，寻找到未来，才会有千百次绽放自己光芒的时刻。写完一首诗以后，她会变得激动而安静，这当然是一个写作者最好的状态。

宋德丽的诗歌中飞翔着神秘乌蒙山的云彩和鸟群，这是她诗歌中最喜欢的背景。她像一只歌吟的鸟儿，云来云去，向往着内心独立和自由。她的每一首诗，都是她看见的悲伤的歌，也是她寻找快乐的旋律。她在忙碌和时间的夹缝中坚持每天写一首诗，这不是计划，而是来自她内心世界的需要。

除了诗歌之外，宋德丽几年前开始画钢笔画，在她的纸本绘图中出现了无以计数的鸟儿，她喜欢画出各种鸟儿，也分外衷情于画出鸟儿飞翔的翅膀和栖息地。

2022年，宋德丽参加第七届"中国长诗大赛"，《神秘的乌蒙山》荣获长诗大赛最佳文本奖；2023年，她参加了中国女诗人诗画行采风绘画展；2024年，她参加中国女诗人、画家走进云南师范大学绘画展。无论写诗还是绘画，都是人生的修行。这两种生活方式，如今已经成为她的日常，现宋德丽的第六部诗歌集即将出版，除深深地为她祝福之外，我也分享着她即将出版的诗歌集，书中插图均为她亲自绘出的钢笔画。

世界是充满迷茫的，然而，只要寻找到了自己生命的梦想和热爱，就会找到一个强大的精神支柱。当有了自己的灵魂相伴时，任何变幻无穷的时间都是充满诗和画的旅途。宋德丽的新诗歌集，必将汇集她这两年来的个人史卷，一个内心丰富、充满梦想和热爱的女人，必然会用她的诗和画讲出人生的故事。她拥有了画架、画布、色彩，这些新增加的内容，对于人生无疑是一种幸福的存在。是的，她是快乐和幸福的，每当她在黄昏画画时，就是在寻找生命的意义。

她的画布就是她与世界的另一种联系。当一个人寻找到前世之旅后，又回到现在：她站在后花园里画画，心如翅膀在飞翔。是的，她找到了抵抗时间飞逝的力量：写诗或画画。

在漫长的岁月中，一位写诗的女诗人终将用语言将生命延续下去，这个现实是美好的，如同宋德丽词语中飞出鸟儿的孤独、自由和美好。人生有苦厄，然而，诗歌和绘画必将是生命中疗伤的花园。我深信，她会坚守她内心的声音和色彩斑斓，继续着她生命的所爱。人生如戏，但美学中的词语就是一幕又一幕时光中的阳光和茂密的树枝：我又看见了她新写出的诗歌，她自己就是她诗歌中飞翔的那只鸟，将飞得更绚丽和自由！宋德丽新诗集如同又一年的春风，让她置身在满园的春光中，她微笑着，站在阳光下接受着光芒，也在接受着雨水、风暴和闪电，同时还在接受着自己和流逝的白云，这样的状态多么美好！作为她的朋友，我深信她会在余生中用自己时光的钥匙穿过生命，打开通向时空的一道道神秘之门。

2023年12月26日
写于云南昆明

《云来云去》
——读宋德丽的诗

张　况

认识云南知名诗人宋德丽已经二十多年了，知道她是一位以文本说话的少数民族地域诗人。在我的印象中，每每不出十天半月总能读到她的一组诗作，她的创作速度和创作能力无疑是惊人的，足见她是一位非常勤奋的写作者。

宋德丽的诗歌流溢着彩云之南特有的地域气息、温馨力量和飘逸气质，给人以纯净唯美的审美情趣。我为自己能时常获得她的慷慨馈赠而感到高兴。

两个月前的某日晌午，宋德丽来电时非常客气地对我说，最近她想出版一部新诗集，内容大多是她以往曾发我读过的作品，说她自己心里没底，希望我为作品集"把把脉"，顺便拨冗写篇序言"以壮行色"。

案头长期积压的各种冗务，手头永远还不清的各种文债，心头永远放不下的亲情友情，这些年确实压得我喘不过气来，累得像条丧家之犬，有一种被狠命掏空的感觉，但面对老朋友的真诚嘱托，心软如我，又岂敢简慢？

在我看来，宋德丽是一位极具地域特色的诗人，眼眸里写满传奇故事，她就像天边五彩斑斓的云朵，笑声中永远洋溢着晴明爽朗，隔空听着都能让人感受到她的热情。毫无疑问，宋德丽非常热爱云南，热爱自己的家乡。乡音乡情如同脐带，一端连接着她的爱恋，另一端牵扯着她的思念。她目今为止的大多数诗歌作品，都在乡音乡情、亲情爱情中沉迷不出，散发着浓烈的故土气味。

这部诗集的体例和篇章命名，宋德丽该是听取了我的部分浅见的。诗集取名的时候，经讨论最终确定《云来云去》这个书名，这足见她的谦逊姿态与若谷虚怀。感谢宋德丽对我的信任。

阅读宋德丽这部诗集，我内心充满温暖与敬意。感谢她为我送来春天般浓烈的诗情，让我在石垦村意绪阑珊的春日阳光下感受云南地域之美的同时，进而理解了诗人沉潜于语言内外的那份深情。

毫无疑问，这部诗集是诗人宋德丽近年来的又一部心血之作，是她诗歌创作水平趋于成熟的标志性作品，将其视为她的代表作，我看合适。

通读诗稿，我觉得整部诗集最明显的艺术特色主要体现在四个方面：一是诗歌思想情感丰盈厚实而不乏成熟理性的表达，二是诗歌意象丰富多元而注重聚焦主题旨意挥发，三是诗歌语言轻盈明快而富于淳厚洁净的质感，四是诗歌结构严谨平实而不失活泼俏皮的个性。

诗集分十五个章节，其中《笔尖镌魂》《时光书简》《黄金分割》《生命密码》《高原精灵》诸章节以语言力度见长，重在书写中国文化、时光概念和季节思绪，是对历史风云与个体生命价值的深情反刍，探究和展示的是诗人之于历史文化的认知和人生理想的底层逻辑；《云来云去》《千山之外》《大地序章》《山水之乐》《万物有灵》《城廓钟声》诸章节以清奇的意象示人，着意提炼出云朵、山河与天地万物之间的血肉联系，是诗人对云南地域风光的深度追寻，对人性善恶的深情追问，对生物圈固有层级的深入追怀；《魔幻丛生》《低处抒情》《梦里梦外》《彩云之根》诸章节以发自肺腑的情感萌发、再造显山露水的光荣和不惧风雨的梦想，极力探索梦幻世界和四维空间的层级关系，给人以全新的视觉冲击。

"笔尖雕刻母语／根的翅膀游离古老的传说／一个词语一个世界／梦书神秘的大地／／神的语言／从一根羽毛飘落／一只白天鹅传唱／一个母语的故事／翅膀的声音追寻／历史古老的版图／一根羽毛覆盖一段历史／／青石辗转轮回　穿越唐宋／时间剥离岩石上的马蹄声／古往今来　奔跑的马匹／穿梭古老的青石板／踏响人类历史的山河"（《笔尖雕刻母语》）

这是一首上乘之作，在整部诗集中显得尤为抢眼。富有质感的语言张力，兼具诗识品质，在宋德丽目前的作品中具有个性化的里程碑意义。诗意的营造于平静的神秘中雄拔千古，彰显出异乎寻常的历史意识和母语情结，肉身的飞升与生命的沉潜、重开巫与蛊，糅合成神性的存在，犹如被时间打磨之后过滤出来的概念性意象，向读者昭示母语带给内心安逸抚慰的独特魅力。"笔尖"二字如同诗眼开合，在这里显现稳健的刚性，其落笔后的异质诗意投射出力透纸背的抒情能量，美感的获得只在一瞬间，值得点赞称许。

"万壑群峰赴山水／柔软的云坐在风中／风的问号端详众生／云来云去 云聚云散／／轻盈的生命笼罩／厚重的大地／阳光中昨别灌浆的麦田／辽阔的风卷起云朵／沿西去的海岸线飘流／征服难以融化的梅里雪山"（《云来云去》）

这首诗高举生命之上的旗帜，具有沉稳淡定的诗意内蕴。云的意象绵柔松软，飞扬着风的柔和个性，为辽阔的天空、厚重的大地定义人间无常的聚散。实际上，放大生存角度之后，这何尝不是人类履历的一次内敛展示？诗人手捧云朵，如同掌握命运的问号和终极答案，任凭云来云去、云聚云散。跋涉者为众生的平等拂去迷茫，消融一切困厄。

宋德丽的抒情既具象又朦胧，心灵指向非常清晰，读之浑身充满力量。这首诗可视为整部诗集的牢靠支点，借助思想延伸出来的意念杠杆，可以轻松撬动人类精神的诗意重量。

作为一名生活在彩云之南的少数民族地域诗人，宋德丽是有福的，她视云朵为生命，是位经常合十的惜福之人。她试图以一生的守候，去印证自己笔下的每一朵云都是有根、有生命体征的。她要为云朵歌唱，为生命喝彩。

宋德丽是兼具生命意识、地域意识和民族意识的诗人，从事诗歌创作三十多年来，她一直高居于云端，却又无比坚韧地生活在命运的低处和底层，以虔诚的敬意匍匐在文字铺就的水乳大地上，夜以继日地书写着自己的心灵密码，给世人以接地气的精神启示。

在我看来，宋德丽更像一位拾穗者，由少年而青年再到中年，她一直坚持在丰收的田野上，次第捡拾人类遗失于精神层面的微薄希望，并试图以此照亮诗歌，照亮世界，照亮自己，也照亮别人。她写自己熟悉的云上生活、熟悉的民族、熟悉的人和事。收进这部诗集的四百多首诗歌，无一不是宋德丽精神领域中提炼出来的灵魂结晶，闪耀着明亮的诗性光芒。或许这也是她诗歌精神谱系中不可替代的一个重要载体。

纵观宋德丽这部诗集，我认为，她的诗歌文本高雅、纯粹、轻盈、凝重，形而上的诗歌品格，看上去像被白云擦拭过一般素净，充满了幻象的裸呈和青春激情。这种强调云朵意象的地域特色写作该是宋德丽向诗坛申报的"专利"。

宋德丽痴迷于云上生活，潜心放牧着各色云朵，云朵就是她一生的意念和爱恋，为了追寻心中那份热力持久的意念和爱恋，她云来云去，在云层中穿梭经年，最终在云聚云散中成了云朵的真正"教母"。

是为序。

2024年1月3日 黉夜

佛山石垦村 南华草堂

目　录
CONTENTS

时光书简

千山之外

万物有灵

黄金分割

生命密码

城廓钟声

山水之乐

高原精灵

魔幻丛生

彩云之根

亲情无价

笔尖镌魂

笔尖在地球上转动

笔尖在地球上转动
在人迹稀罕的雪地寻找
人类文字
词语拨开天空的云朵
一座高山、一片田野、一个村庄
收藏在一个世界的地图上

新鲜的空气中
抹不去的是天空的彩云
一首诗
一个山水云南的写真集
留在记忆的山水间
坚硬的骨头如笔敲响
人类思维里的钟声

笔尖雕刻母语

笔尖雕刻母语
根的翅膀游离古老的传说
一个词语一个世界
梦书神秘的大地

神的语言
从一根羽毛飘落
一只白天鹅传唱
一个母语的故事
翅膀的声音追寻
历史古老的版图

一根羽毛覆盖一段历史
青石辗转轮回　穿越唐宋
时间剥离岩石上的马蹄声
古往今来　奔跑的马匹
穿梭古老的青石板
踏响人类历史的山河

一个故乡一个世界

一个汉语一个世界
组成地图上的一个国家
白云流淌山川河流
盘点山水中的词语
诗在光合作用下
托起一个灵魂

天上的彩云
地图上的山河
岿然不动
云朵穿越人生的坐标
寻找命运的交叉点

空旷的原野
海浪般挤压
空身接受生活的馈赠
一个故乡一个世界
成为一个人写作的宿命

风吹一张地图

一张地图收藏地球的江山
红色的羽毛标志
每一座山每一个乡村城市
整个世界穿过一张地图

风沙泪眼迷失在路上
定格的地图守望
红高原的一首歌
风吹动一张地图
指甲涂抹大地
沉重的色彩覆盖
眼睛转动地图上的鸟巢
全世界的声音留在地球上

从词语开始

从词语开始
花朵和絮状的云
开放这个神秘的世界

抵达身体之谜
触摸阳光的刺痛
一个干净的身体
埋下深深爱
一支笔尖划开共鸣的灵魂
撕碎白纸上的文字
灼热的鲜血流淌一堆白纸黑字

汉字如一颗颗石榴籽

一个汉字贯穿天地
剥开名词动词的宏大和细微
汉字如一颗颗石榴籽
跳动左右心房

一颗籽种下饱满的甜蜜
繁殖挖掘古人
《说文解字》的秘密
一个汉字的幽深贯穿天地
游荡千秋万世

汉　字

空旷的原野
留下散乱的脚印
汉字在雪地上
拖着长长的尾巴

一棵松树头顶积雪
满眼苍茫
寒风中抖动枝丫
顶破霜雪
枯木中寻找燃烧的火焰
裂开的汉字划破肌肉
进入血液撑开沉重的灵魂

把山写空

风中呼吸
好听的声音把山飞空
百鸟歌唱
山涧小溪把山流空

流动的白云挤进春天
一朵朵野山茶
绽放空旷的山野
旋转的阳光
把山写空
留一身傲骨深埋
空空的山谷

云来云去

天空的一半是彩云

乌蒙山云雾缭绕
连绵的群山吐纳
变幻无穷的云烟

阳光如剑　拨开云雾
雄伟壮观的山
露出诗神的眼睛
天空一半是彩云
云层一半是万千思绪
低垂的眼神穿越大地
弥漫诗的神韵

云来云去

万壑群峰赴山水
柔软的云坐在风中
风的问号　端详众生
云来云去　云聚云散

轻盈的生命笼罩
厚重的大地
阳光中作别灌浆的麦田
辽阔的风卷起云朵
沿西去的海岸线飘流
征服难以融化的梅里雪山

天空云朵密集

天空云朵密集
文字是群山的轮廓
云的翅膀打开生态的海洋
辽阔的诗句住进白云

触摸群山的轮廓
江山如画
风吹野草　石头碰撞
抑扬顿挫的脚步
碾压地球上文字
天空的云朵清洗
大地上的一首诗

云　图

带着露水融化
云南天空千万朵白云
找到天与地的辽阔
云图变化万千
覆盖山岗河流
天有多高　　云就有多遥远

穿过坚硬的岩石峡谷，
沿东去的河流
找到烟火的村庄
母语中播下种子
一颗燃烧的心化为灰烬
肉身秘密的生长土地

云雾缠绕麦田河流
聆听百鸟的叫声
割麦声穿过锁骨

千万里平川掩埋身体

天空的云
寻找西去的海洋
白茫茫的地平线上
祈祷神灵赐予我们
辽阔的生命

风吹开天空之路

风吹开天空之路
云朵是路的里程碑
每一朵云
在风的命运中漂泊
洁白的云朵　干净的婴儿
坠落山间河流

与云共枕盘踞天地
风的翅膀
共振语言的波浪
游历大千世界
彩云之路
千万朵云奔流山水
清澈的力量
清洗城市的灰尘

云朵如山

波浪翻滚
堆起的云朵如山

空翻辽阔的海面
拍打岸边
潮湿的长发波浪相连
敞开心扉
吐纳一朵朵白云
云雾山中赤裸的身体
滚动灿烂的云海

从云层中降落

云在天空碰撞
蓬勃之力弥漫世界
干净的身体　挚爱的新娘
从云层中降落
纵身山河湖泊
感知石头的温度

炽热的光迁徙万物
以神的力量获得心的光芒
光吞噬一切
身体的风暴
覆盖燃烧的火焰

燃烧的火焰站起来

触摸天空
阳光穿过世界
地平线拉长万物的影子
行走大地

时光舞动琴弦
光的手指从树叶落下
流逝的光影在
燃烧的火焰站起来
一盏灯点亮逝去的岁月

白云搭一个世界

白云搭一个世界
每一朵云归你
彩云之南
播种漫山遍野的花籽
高原的太阳
覆盖每一寸幸福

一生只为这一天
紫外线穿透长久的等待
灼伤每一寸肌肤
亲近炽热的灵魂
犁开每一片土地
身体的潮汐
净化一朵花一片云

捧一朵浪花洗脸

捧一朵浪花洗脸
一支溪流面前我只是一滴水
放大一生共饮江水
身体里的波涛归于大海

岁月流逝　沧海桑田
一朵浪花痛饮江水
洗尽人世间的灰尘
融化一座冰冷的雪山

云朵浸透鸟的叫声

云朵浸透鸟的叫声

空旷的山谷

带着孩子们回家

风穿过 11 月

奔跑在 12 月

沉重的翅膀深沉辽远

测试山的高度

人世间水的深度

空旷的原野

孩子们的叫声

唤醒沉默的大地

山坡上干净的云朵

滚动的足球踢开春天

七彩的云作手礼

七彩的云作手礼

镶嵌两条河流中

左手撩拨玉带

右手缠绕世界

龙蛇起舞　鼓风而歌

干净的喉咙

吹开辽阔的世界

翻卷的云朵

涌入高山　摔落低谷

光影人流中

睁开苍白的眼睛

无形是最后的语言

柔软的舌头吐出

万物的根须　匍匐于大地

白云梳理头发

白云梳理头发

薄薄的碎影移动脚步

风吹柔软的花瓣

躺在寂静的山岗

迷茫中书写流水的词语

清洗低洼的河流

深浅的脚印

穿越遥远的天际

触摸万物

云朵沿地平线扑向大海

礁石中寻找前世之旅

云聚云散守望一生

云聚云散守望一生
天空下神的鞭子
摔响低头的脚步
云朵成群结对
解开大地的密码

苍茫风云变幻
融化时间和尘埃
柔软的颗粒还原
万物运行的规律
天空下寻找生命的踪迹

云朵梳妆

南风吹散云朵
七彩的云画一把扇子
临山而住　临水而居
山茶花是我的小名
是我的姐妹
是我前世的乡愁

一条牛栏江流淌丝绸扇面
水墨山水穿越古代
今夜我是云朵梳妆的新娘
轻摇云朵的丝绸扇子
送走人间的情仇恩怨

马蹄声卷走云朵

马踏云朵一览众山
掩埋身体的云抵达心房
躺在白云中
高原的天空奔腾的马

马蹄声卷走云朵
跋山涉水
吹响山上的笛子
带指环的手晃动岁月
一朵朵云从笛孔中弹出
振动206块骨头
高原的云从身体中飘落

云的故乡

坠落的白云清洗我的面颊
大片野花一朵一朵开放
从天空到旷野
那是云的故乡

一片片飘落的云朵
沉甸甸的回声
如石在水中滚动

水声卷起石头
敲打寂静的山谷
天水一线
飘散一地花瓣
白云坠入山河

云雾共生

云雾山峰
一片云从天空飘落
溪水清洗羽毛
雾里看花　眼睛阅遍天下
踏着梯田　追着乡音
跌宕山河

云雾共生的大地
山的气息　水的翅膀
卷起云南的方言
一支淳朴的山歌弥漫
《小河淌水》唱响世界

云朵做帐篷

1.

云朵做帐篷
支撑天边的山峰河流
炊烟和酥油茶的语言飘动
天空之上的香格里拉
默念经文　河流中石头说话

妖饶的云朵
覆盖积雪的路
拉紧帐篷的经幡
天空聚集的经文
飘落雨雪的路上
双手跪拜声
踏响石头流淌的河流

2.

风吹过森林
裸露的心种植一亩地
一颗颗种子饱含氧和血
在肺部安营扎寨

渡水如渡血
脱离种子的壳
发绀的生命复苏
一个空心的沉默
在心中发芽

时光书简

时光的钥匙穿过生命

时光鞭打
一支箭穿过一堆词语
透光的眼睛折射
人类七情六欲的世界

时间穿梭　怀揣美好
拧动锁孔中词语
时光的钥匙穿过生命
打开冰冷荒芜之地
留不住的时光
鞭打苍凉的岁月

时光倒计

小手握拳
胎儿在母亲的腹中长大
脱胎换骨降临人世
松开握紧的双手
第一缕曙光沐浴人世间

从小到大一双手
剖腹一个生命中的肉体
手剥开一个世界

重组音乐的时光
双眼揭开人世舞蹈的肢体
诗歌连接生活的点滴
握紧生命的拳头
时光倒计
脆弱的生命
在松手一碎的灵魂中
寻找诗歌的碎片

一米阳光

一米阳光从上到下
从左到右在一张白纸上
静静地晾晒灵魂

思想的根挖掘一个个汉字
修改一生对错的答案
一个个故事在文字中碰撞

一米阳光折射一面镜子
擦洗一个世界忧伤的眼神
一张生动的脸如鲜花
在一面镜子中
开放人间的美好和温暖

一滴水

一眼看穿简单而透明
时光漂洗　内心通透
天上的一朵云
眼角的一滴水容纳大海的心

一个安静的灵魂
在世界的一滴水里
折射岁月遗失的影子

一米的高度

一米的阳光
一米的高度
是时间和欲望的延伸

太阳照耀世界
阳光中穿梭的人群
感受一米阳光的温暖
攀爬一米的高度

风吹雨打　人生苦短
双眼熬出盐味的人生
为拥有一米阳光
为登上一米高度而奔波

与诗对饮

拉长影子放大版图
与诗对饮
空茫的大地
吸收大自然的能量

鸟鸣啄开撒盐的伤口
飘飞的雪花一朵、二朵
无数朵
覆盖薄冰的世界

碾碎人世间的悲欢
滑行心灵的静土
清冽的空气中
收敛诗歌的一片纯静与神圣

与千秋的山河对饮

从旷野到山谷
辽阔的地平线延伸
地球转动整个世界

山谷的流水温润红土地的脉络
抬起头仰望生长的万物
大地从趾骨穿越弱小的人世间

白云飘落山水间
草木量体裁衣仰起脸
与千秋的山河对饮
野花开满山坡一片片
故乡在缩小的地图上放大

一只野鹤与人类对唱

声音穿越赤裸的山河
用水作墨涂抹高山峡谷
一只野鹤清晰的叫声穿过森林
一个诗意的名字流动深水中

飞翔的翅膀点蘸山水
羽毛作笔抒写蓝天白云
每一朵云都写一个字
游动在山岗河流中

森林中一只野鹤与人类对唱
一个生命中的寓言故事
如雪花飘落的羽毛
在一条无名的深谷中
用雪粒播种飞翔的高度

与石头对话

石头低语从空气提取养料
阳光中摄入钙质
纤细的手指画出山河
与石头对话
十指传递心中的能量

流水的石头
放逐的诗人
山谷的涛声撞击
一朵朵浪花飞溅崖石
水波清洗石头
白天鹅带着青草的气息
飞过高原

时光穿过生命

光线的轻穿过生命
一个诗人的名字
轻如蝴蝶的翅膀
在寂寞荒凉中
散发幽静的光

鸟飞翔天空
飞越山川河流
空气中翅膀的轻
承受生命的重量

一生一世
时光拨动筋骨
一个诗人的名字
轻如鸿毛

羽毛如剑穿过身体
汗水中的翅膀
浸泡盐的颗粒
生命重于泰山

锁定人类的七情六欲

一把钥匙打开平淡的生活
开启隐蔽的身体
内心深处的沉默
隐藏着爱的秘密

月光潜入草丛
齿唇咬合的亲吻
编织门内门外的故事
捍卫真理的钥匙
锁定人类七情六欲

影子在地上在墙上

影子在地上在墙上
阳光下形影不离

沉入水中的影子
挣扎无语的身体
一片落叶浮在水面
水中剥离沉落的影子
没有骨肉的影子
随身体舞动露出水面
一个真实的身体伴随
影子行走在大地上
万物的影子在虚无的界限中移动

半个月亮爬上来

一只耳朵倾听的古老的歌曲
半个月亮向大地弯腰
割麦声闪烁
镰刀的银光堆积低洼的日子
弯向大地的脊梁
架起草垛上的篝火

半个月亮爬上来
一个夜晚挂在枝头
小于天空的月亮
只剩下麦芒划伤的痛
穿过眼瞳

千山之外

千山之外

空旷的身体有荒芜的土地
流水开花的声音蔓延
鸟清脆的叫声环绕

手指弹响
夏花、秋霜和冰雪
收藏生命中的奇迹
垒起岩石中的文字
枝叶下的语言行走大地深处
石头开花击碎空荡荡的身体
千山之外
诗歌中留下马蹄踏响声音

群山蜿蜒盘旋

群山蜿蜒盘旋

起伏的身体沐浴阳光

一个滚烫的词语从山中滑落

浪花荡漾山水间

广袤的大地

高山流水　深处的荒漠

接纳春天的灵魂

山坡上盛开的格桑花

一半清醒一半醉

飘落的尘世

地球密码

一朵云在天空停留多久
一滴水悬空
千万年流淌

宇宙破译地球的密码
一滴液体的语言与日月同辉
吟唱天空之上

涌动大地的草木
一滴生命之水能活多久
干渴的地球转动
一滴滴带血的泪

窥探大千世界

窥探大千世界
时间穿过衣食住行
人类创造　适者生存

人世间
残酷侵袭生活
时光的手雕刻坚硬石头
大地溪水奔涌割断脉动
扼断枯黄的秋叶
一只鸟独自哭泣
喉咙吞下致命的忧伤

山谷的回声

山谷的回声
一半是你一半是我
水声激荡奔流
岁月流逝

幽黑的眼神穿过一朵浪花
蝴蝶香气弥漫
一朵朵花相拥而泣

寻找流水的痕迹
翻开发黄的诗卷
一个挚爱大地的诗人
手捧一堆黄土
一丛丛枯草盛开一朵花
沉默的文字长成一棵大树
屹立河岸流淌千年

神秘的乌蒙山

一条江河倾泻千里
一朵白云守望一生
彩云一丝不挂梳妆
千万朵白云坠入江河
覆盖神秘的乌蒙山
微风细雨中融化

天空的云挤压大地
河水从山脉奔流
悬浮的情愫翻动大海
太阳的光芒穿透彩云
高山、峡谷、冰川、河流奔涌千里的涛声
千古云卷翻滚
燃烧不朽的诗篇

乌蒙山深处

风吹散云朵
柔软的羽毛用情起舞
划过天际河流
一片片雪雾淹埋苍茫大地

风吹开深邃的时间
天空之蓝　最轻柔的白云
如山坡上的羊群
走进乌蒙山的深处

空茫的高原

从高原而来
天空的蓝平静辽阔
云的羊群
漂泊在我的诗歌里
每一滴血液流淌高原
每一滴水蕴含生命

水滴敲响遥远的梦
鞭打空茫的高原
马蹄疾驰
归途曲折

八月的高原

山路蜿蜒
青草掩埋八月的高原
牛羊生根　情歌荡漾
水浇灌生命的源头

一朵朵格桑花绽放山坡
一群群牛羊埋头青草
嚼着碧绿的祈祷
远处马蹄声声
一步一步踏响天空

羚　羊

看天看云　看山看水
陡峭的瀑布穿过眼帘
奔跑在悬崖上的羚羊
守望山海的深渊

寻找活着的食物
云朵坠落山河
高山流水　野草茂密
水在腹部交换
风吹草低　牛羊繁殖
融进生命的万物

大海梁子*

站在乌蒙之巅
厚重的山脉裹紧群峰
羊毛毡搭起帐篷
一堆柴火集合
掏空心思　谈论往事

一根火柴
划开头发丝上的冰凌
卷缩的麻雀蹲在电线杆
抖动飘落的羽毛

点燃一串串火苗
山中燃烧的火种
温暖坚硬的脊梁
雪花落在大海梁子的蓑衣上
挡住一座山的风雪和寒冷

*注：大海梁子是滇东北会泽最高的山峰

琴弦是红土高原的河流

江水馈赠乌蒙山脉
音乐跌宕起伏
琴弦是红土高原的河流
拉出横断山脉的路

天空的共鸣箱回荡
一个小小的音符
一生弹奏山水间
和水的速度奔跑
告别千山万水
静静地听山谷海浪的回声

弹奏生命之花

色彩和线条
探寻跃动的旋律
一支笔穿过眼瞳
神秘的韵律雕刻时光
孤独的密语
汇集彩云之南

按下琴键
一支笔在波浪上舞蹈
山河起伏　飞翔的翅膀
弹奏生命之花

弹奏琴弦独自前行

弹奏琴弦独自前行
手指在山坡上、在水边
在茫然的风中前行
宽大的衣袖装满白云
一朵一朵仰起脸

琴弦弹奏蓝色的天空
神的脚步踏响
一首浪迹天涯的诗
开遍山野

弹奏全身的音符

一架钢琴支撑生命
手指弹奏全身的音符
心脏收缩血液奔涌大海
点亮烛光燃烧的火焰
从心房到心室
跳动的节奏一排排推向岸边

潮水奔流
滚动盐的颗粒
生活的咸淡在血液中涌动
海浪拍打生命的呼吸
声音里的世界穿越时空

凤凰谷的火种

潜入水底的石头
用文字雕刻生命之门
凤凰谷的火种
燃烧灵魂与肉体

古老的种族
从石头风化的土粒上迁徙
骨架上的笔穿过大地
鸟是神的花朵
凤凰是神的花朵

神的花朵入骨
繁衍伊甸园的故事
血液在婴儿眼中
刻出山水的图腾
复活的石头演绎
红土高原的凤凰谷

坚硬的石头孤独而苍茫
石纹中记载天地的祝福
及人世间的悲欢离合

轻于山的魂魄

1.

天空的白云
轻于山的魂魄
一朵云藏着孤独的灵魂

亲近万物
灵敏的听觉
诉说一世苍茫
天空的高度
探寻大地的深渊
云朵弥漫
清洗人世间的尘埃

2.

苍山洱海的月光

编织古老的母语
云朵如被
覆盖整个夜空

苍山的雪隐藏
千万条溪流
未眠的月光交织
母语中古城的梦

东山的月亮

一首古老歌
从耳根爬上来
月亮吞咽
布满血迹故事

天上的事物　地上的羊群
赶着白光穿过麦垛
秋的脊梁弯向大地
低洼的日子燃烧秋的果实

东山的月亮
折射一首诗
一只耳朵鸣唱
一个牧羊曲

勾勒山影

虚空之地
勾勒山影
幻化世外桃源

沸腾滚动山坡
抽打身体的藤条
勾画肉体的语言
一首诗一幅画
在血液中流淌
切割画布上的虚线

海鸥来了

风传来鸥声
摇响手中的银铃
千万只海鸥飞翔
云南温暖的冬天

海鸥从西伯利亚飞来
白色的精灵
飞越一千零一夜的故事
脚环的银铃齐声合唱
旋转彩云中
飘落远去的帆船

一只孤独的的海鸥
紧贴水面挂满水波
游丝一样的气息震碎波涛
羽毛如骨　画一幅滇池的油画

迁徙温暖的滇池

翅膀划开云朵
身体抵达辽远
辽阔的天空
海鸥在一朵朵白云上滑行
贴近天际　沿地平线
掀开苍茫的大地
迁徙温暖的滇池

一群精灵　一个世界
白色的叫声撕开茫茫夜幕
一群群海鸥与人类对唱
唤醒整个天空
一曲曲山歌在海鸥的叫声中
沉入滇池的水面
一群白色的精灵
唱出一首首云南的民歌

大地序章

大地是一首诗

阡陌纵横中寻找你的声音
柔软的绳索抽打一生的苦痛
细细的钢笔刻画你的造型
欢乐泪水中溅落盐的颗粒
熟悉的音韵弹跳汉字的语言

刨开泥土的根
每一粒种子是喂养身体的口粮
每一滴血液刻画你的名字
柔软的血管溶化血迹斑斑的生命
大地是一首诗歌

万物是你的故乡

对着大山喊一声
低沉粗犷的回声
从树林岩石深处流出
落进凝望的心

银光镀亮风霜的脸庞
沁凉的月色执念大山
清纯质感的声音
如潮水一波一波奔涌

对着天空喊一声
万物是你的故乡
花与梦震荡山谷
一生的风雨
还一轮明月高挂天空

风吹醒裂开的石头

辽阔的天空

白云卷起文字

飘落群山的轮廓

云雾缭绕

云海碰击金属的文字

双手触摸坚硬的岩石野草

双脚踏过半梦半醒的山河

风吹醒裂开的石头

血从指头中滴出

流淌一个广阔的世界

风吹醒山谷

一片云落下
云朵博览群山
众神之战荡漾色彩

风吹醒山谷
等风的人也在等云

发丝根植思想
挑衅山水的血液
脉络流淌人世的苦乐

青枝绿叶濯洗
一幅画一首诗
云羽承载生命之轻
风吹白了头发
落下一地苍茫

天空之镜

天空之镜

测量山的高度　水的深度

两岸的山峰平息翻滚的江水

内心的宽广　容纳辽阔山河

流动的白云

清洗一条江水

天空如镜掩埋一生的梦

滚动的江水劈开山的魂魄

回荡流逝的岁月

长满冰花的流水

山的腹地分割
流淌的声音
大地的手指扒开折叠的阳光

一只雄鹰掠过
翅膀划开水波
双脚丈量大地
流水碾过干渴的土地
飞溅的落花转动山谷

山顶的落雪
淹埋千万年的魂魄
长满冰花的流水
转动千年的水车

没有任何的力量
带走玉龙雪山的雪
伟大的神秘
流淌冰凉的山谷

水波上旋转

水波上旋转
在暖阳中喘息
花香荡漾滚动春波

弹奏身体的密码
粒粒种子藏着
向阳的甜蜜
吮吸天地精华
呵护一生不舍的滋润
云朵缠绕艳丽的花瓣
一次脱胎的换骨
蜕变大地的疼痛

生物圈的秘密

清空自己
把心放在草木之上
坚硬的骨骼向生活低头
有限的时间
安放短暂的一生

背负沉重的岩石
自然界原始的动物植物
诠释生物圈的秘密
草木的重量承载
生命的忧伤

清空自己
草木之心
只剩下稀疏的骨头
支撑生与死的灵魂

生物圈的图案

神秘的石头碰撞
生物圈的图案
石头的语言丰富了世界
岩浆浇灌石头上的花纹
隐藏人间动物植物的秘密

一头羚羊风化为石头
羊群的生命从岩石中解救
乌蒙山滚动的石头
碾碎羊群的脚步

亘古的旷野
雕琢岩石上的
一首诗一幅画
月亮和星星坠落山峰
瀚之光穿透历史
解构人类的思想

生命的每一天

太阳和月亮的神秘
解读地球上的密码
眼中的一根线
穿梭短暂的时光
激流挣扎波浪翻滚

天空升起永恒的太阳
月亮穿越荒芜的大地
光影交错轮回
无声撞击生活的苦厄
惆怅的影子撩拨人类
生命的每一天

生物链

风强化了羽毛
翅膀卷起千朵的浪花
万物涌动

一条时光的生物链
重返地球
鸟羽搭建温暖的巢
森林中繁殖生育
一颗颗眼泪
平息沙漠的风暴

森林中鸟的家族
翱翔万里
翅膀飞过毁灭的森林
一滴干枯的泪水流淌大海

翅膀代替神话

时间穿梭洞穴
翅膀代替神话
空旷的群山
演绎生物学的繁殖
虫鸟的天堂寻觅食物链

饥饿的鸟群飞翔一世的苍茫
一场生物大战引爆人间烟火
人类的土地上
适者生存　轮回生与死
延续活着的生命

旋转的眼瞳

眼瞳中旋转
一朵朵格桑花
开在山坡原野上

一朵神秘的格桑花
垂挂眼穴中
柔软的水是篝火的魂
一曲《梁祝》划过水波
万亩迷离的花丛中
独守一朵绽放的格桑花

蝴蝶谷

你是上天派来的
一双双翅膀点亮大地
煽动花朵植物点通经络
蝴蝶谷的精灵
飞向每个角落
轻盈地飞向天空落入大地
蝴蝶谷的蝴蝶
吐出腹中的苦和隐形的疼
一片片枯碎的身影
随风飘落化作一曲悲凉的挽歌
坚硬的骨头插入泥土

隔窗相望

隔窗相望
袭一身洁白踏遍万水千山
一辈子行走千里万里

长风颂歌彻夜摇滚
覆盖整个世界
一张白纸留下上天的预言
长风送子滋润万亩良田
一生一世平平淡淡
如水和食物滋养万物
薄如轻莎的云脱下新娘的外衣
轰轰烈烈挚爱大地
滚动世界地球

归　途

浩瀚的宇宙
滚动巨石的重量
水火土木星流动天地

地球转动　日夜抚摸
石头堆起的大山
奔腾的溪水朝夕相伴

天空笼罩寂静的山谷
远走的山脉流动人间的火种
跳动的脉搏
融化一颗颗微量元素

切开横断山脉
寻找自己的归途
石头碰撞的声音
唤醒沉睡的大地

敲打千年的门环

风吹响门环
一双眼睛锁住春天
一群鸟飞出桃花扇子
扇动整个春天的世界

微风摇动门环
绕过十里花香
桃花潭水深千尺
花瓣温婉如玉
飘落深情的泥土
一双温润的眼睛
细数生命的轮回
一千零一夜的故事
敲打千年的门环

行经天宇大地

薄雾在飞　　白云在飞
一群鸟
行经天宇大地

双眼环绕山谷森林
回家的路上
一只鸟被子弹击中
一根根羽毛无声飘落
听不见鸟鸣
只听见坠落的疼痛

喝一杯山泉水

喝一杯山泉水
澄清身体的血液
溪水渗透草木
过滤人世间的尘土

天上的明月与你共醉
一杯酒水　　只求一醉
土地山神存放着
一个诗人的魂魄

月亮的光线

月亮的光线
穿过门环　落在水中……
底部的回声
弹响一个世界

声音里一根根细线
在木器上发光
琴弦吊起水中月
卸下琵琶声
一个女人在一个月亮中
弹奏阴晴圆缺的悲伤

月亮的羽毛

水珠滴落回归大地
鸟的叫声激荡空茫的山谷
落下月亮的羽毛
月影朦胧　两眼神光
穿过时间播种古老而新鲜的故事
雄浑的气息丝丝入骨震动山谷

彩蝶剪断秋风的瘦影

彩蝶剪断秋风的瘦影
水纹波动捕风捉影
依恋一座山
翅膀的节奏拍打山河

前世的肉身　今朝的故事
一遍一遍覆盖烟雨江南
山影拉长相思的烟云
仙袂飘飘　望断江南
匍匐大地
短暂的生命是你的替身

抵达万亩荷田

一支画笔
抵达万亩荷田
蝴蝶辗转漏卧庄园
水波荡漾
洗礼刀光剑影的远古
苍茫的大地掩埋战乱纷呈
拖着绿色的长裙漂在水中

高贵而神秘
绽放滇东北的红土地上
千朵浪花激起三千柔情
沉默挤压一生的甘露
花如佛手晶莹剔透
中通外直不蔓不枝
穿过恣意生长的内心
出淤泥而不染
粉身碎骨化作
青花瓷上一抹彩釉
殿瓦上的一朵莲花

朝圣的云

舒展云的身姿
守住每一个倒影
一朵莲花躺在水中
朝圣的影子跪拜山河
执子之手　梳理花瓣
中通外直
血液流淌声摆渡灵魂
收紧水中的沉思
今生今世
我是守候山河的云

天空下的一张脸

淤泥中荷藕
沿渺小的光爬行
撑开荷叶接纳山河

深藏的涟漪穿过眼瞳
炎热背后的荷花
一半盛开一半凋落
天空下的一张脸
接纳疼痛死亡的根

琴　声

雨打琴声
静听屋檐下的雨声
一朵莲花睡在冰封的湖里

声音穿过耳朵
千朵睡莲带回故人
千种琴声穿过肉身
一条温暖的河流划过
琴声弹奏守望之海

荷

时光穿过荷花
声音震动青色的身子
花骨朵在阳光中
一点一点张开闭合
花瓣躺在硕大的荷叶上

静静等待采莲人
花开花落又一年
一半滞留彩云中
一半深埋泥水中

卸下云朵
穿过厚重的云层
空旷的水面
清洗一生的淤泥
只留清白在人间

沉迷花的嘴唇

沉迷花的嘴唇
双眼闭合躺在水中
荷花移动手指
触摸根的灵魂

藕断丝连
致命的创伤浸泡水中
斩断一节一节痛
千万次死亡
胜过一次生命的绽放

风的儿女

神秘的鸟隐藏一朵云中
鸟语凿开山水人世间
风的儿女
交换自由的灵魂

鸟鸣山水　吐出鲜气
一边自渡一边回头
琢磨凸凹不平的世界
全身的每一根羽毛
撕开云朵
云中冷静的鸟
迎接暴风雨的来临

火光锻造奇石

光影顺着玉石的纹路起伏

飞鸟野兽战争

骨骼化为石头

汹涌的波涛清洗带血的石头

火光锻造奇石

雕磨透亮的缅甸玉

一段历史　一个人物

刻画英雄的界碑

吟诵史诗的画卷

火花迸溅

沉默的石头昭见

铁和石的厚重

一块玉石　一个世界

春夏秋冬

流淌逝去的岁月

沸腾的群山

潜藏幽静的世界

一尊玉雕收藏千万年沉思

万物有灵

风吹醒万物

天空辽阔　大地丰饶
白云触摸群山
抒写一座山的轮廓

风吹醒万物
石头上的文字穿过草木
浩荡的脚步声
踏响一座高山一片森林
探索大自然的秘密

春天的风

春天的风
探出狂野的眼神
燕子用翅膀裁剪春天
仰望天空
深情的歌喉
吟唱人间的秘密

翅膀的技艺
画出生命中的轨迹
呢喃的叫声点燃春天
捕获大地的昆虫
阳光下演唱
汉语中燕子神奇的故事

点燃春天

破土而出　点燃春天
一场绿色的风暴揭竿而起
花朵在春光里绽放

收藏春的诗句
每个汉字都在燃烧
每一朵雪花在
冻伤的骨缝里融化
破冰而出　点亮诗魂
种子发芽
千军万马驰骋大地

春风吹又生

翅膀穿行

三千里云和雾

侧耳倾听神圣的鸟语

山谷中落下云的翅膀

山脚下树枝

撑开绿色的帐篷

春风吹醒每一片落叶

数万次的抚摸稚嫩的羽毛

全身的叶脉梳理爱的河流

广袤的大地上

我是一枚独特的书签

在泥土中枯萎和腐朽

春风吹又生

驻守神秘的力量

和高贵的灵魂

春 雨

细细的水珠如线
嘤嘤的鸟鸣啄开
绿的芽、黄的蕊、粉的花
晶莹剔透雨
变化身姿弹奏每一片树叶
一朵花的眼神泪目一场春雨
鸟鸣唤醒生长的风暴

苍茫的大地发酵复苏
雨水滴落敲打秦砖汉瓦
吟唱诗经《采薇》
尘烟墨雨吐露芬芳
青青的麦苗蔓延人间

鸟鸣山水间

鸟鸣山水间
丝丝羽毛生长丰满的韧性
草尖上的露珠吐出细细丝线
丈量羽毛的长度
张开翅羽的琴弦
弹奏寂静的群山
坚硬的翅膀承载飞翔的重力

鸟飞过森林峡谷
一种血脉相连的合唱
轰鸣大地和喧嚣的人世间

翅膀裁剪一朵彩云

清脆的鸟鸣露出最纯净的世界

翅膀裁剪一朵彩云盘旋高原的天空

羽毛飘过天空之城

一行行诗句映照天地

归来的孩子心怀辽阔

荆棘途中低沉的鸟鸣

叩响心灵的门环

抒写一个宇宙的奥秘

油菜花

油菜花开了
一群又一群蜜蜂
荡开花香　花蕊中弹奏
大地上的五线谱

三月的风
沾满受孕的花粉
坠入甜蜜的陷阱
挤压饱满的果浆
完成一次生命的葬礼

风卷走万物的生与死
结籽的油菜花
收藏一身香气
榨出碾压人类生命中的油

闻着花香穿过光影

闻着花香穿过光影
带着露水追赶云朵
白云路上涌入
光与色彩的神迹

灌木丛林中
野山茶带着露珠的气味
流淌明净的温情
薄薄的翅膀
承载厚厚花瓣

广角镜中收藏世界光影
落进眼中的山茶花
扩散瞬间相逢的光芒
花瓣落入湖水的心底
向上生长的光
转动女诗人发髻上的花
绽放一生一世的美

春风在身体里行走

剪开辫子和衣服
手指抽出嫩芽
春风在身体里行走

一只鸟飞来
一寸寸目光落下
凿开柔软的甜蜜
宁静的花瓣上
声声鸟鸣弹奏春天

在深藏不露的乐曲中
在夺人心魂的战栗中
我只是你身体中
走过的一片风景

采摘花籽

采摘花籽

从一条山路播种

风里来　雨里去

身体的每一平方都归你

从肉痛到心痛

每一寸土地背负沉重的幸福

时光挂在树枝上

融化亲近的灵魂

天空的云朵

飘落一块流水的石

我在云上看你

你在大地上等我

一生只为这一天

根植泥土

1.

落叶归根
躯壳轮回尘世

根植泥土
熬尽果核的汁液
吮吸一首诗的灵魂
重生的手燃烧
金色的大地

2.

舒展筋骨
一朵花的醉意
从双颊落进酒杯
饱满的内心颤动

荡漾水声

穿梭时光
转动的声音飘落花瓣
升腾的酒如海
淹没了整个身体
世界在酒杯中旋转

身体长出枝叶

身体长出枝叶
在一片土地上
骨头和血液流动一个灵魂
张开肺部枝叶
呼吸森林中的新鲜空气

继续活着
把砍断的树枝和
身体的根埋进泥土
悲痛的哀曲中
虚弱的身体贴上了膏药
深埋土地

一半阴山一半阳山
转动轮回
繁殖自己的儿女
我听见大地开花的声音
高山低头　江水流淌

叶片如唇

声音在叶片中吹响
舌尖弹出淡淡的忧伤
压低的声音回旋胸腔
增加氧气的肺活量
滑出温暖的气息
森林中缭绕的歌声
种植诗歌的语言
拖着沉重的身体
叶片如唇
唱响人世间的苦乐

伸开长夜的手

阳光走动
脚下枯枝裂开的声音
扣紧大地
春风吹醒万物
凸起的文字在树上发芽
伸开长夜的手掌
裸露的心安享开花的声音

奔跑绿色的大地
捆绑宇宙和植物
春天的风切割生物学的线条
万物复苏始于春风
拉紧风的线奔跑生命的尽头
演绎生长的力量

藤叶爬于墙角和栅栏

花园生长的瓜藤移动脚步

爬上围墙

头顶太阳熔炼根的力量

藤叶爬于墙角和栅栏

花开花落期待结果

圆的天空　圆的瓜叶

炙烤蜷缩命运

拨开瓜叶

受孕的花萎缩流产

无子的悲伤爬青藤

种　子

一粒种子
在泥土中生根发芽
一滴血流动全身
承载人间的酸甜苦辣
拉开折皱的年轮
灵魂出窍

一片潮湿的白云
深陷草木之中
心怀若谷　起伏飘动
越过荆棘　拨开树叶
收拢一朵朵散乱思绪
飘过一世的旷野

双眼对视万物

双手合拢
清澈的眼睛遥望
神秘的山川河流
沉默的岩石被深海和飓风拍打

双眼对视万物
坚硬的岩石丈量大海
一只鹰展翅翱翔
击碎岩石沉入海底
卷走高原沉重的鸟鸣声

草木一生

谦逊而独立
春天在手指上发芽
伸开双手接纳草木一生

春夏秋冬生命有别
天地万物四季轮回
藏在草木中的手指
采撷和辨认生命的特征
风声四起　岁月流逝
摇曳的骨头穿过草丛
深埋泥土

野草的筋骨

春天野草一寸一寸向上生长
绿绿的细细的
低矮的姿势仰望天空
小小的身躯摇晃风中

鸟儿草地上歌唱
弹奏悦耳的音乐
献上优美的舞姿

春天野草的一根根筋骨
从泥土里伸展
软软地覆盖大地

无论四季风雨
山穷水尽
一生没放弃钟爱的土地
拔出一根根肋骨
一颗燃烧的心
在烈日下奔跑

体内的河流

风吹响叶片
一张纸的背面
透出树的脉络

骨节穿透
体内的河流
冰凉的身影落入尘世的泥土
纸上的叶子释放骨节的磷火
燃烧的灵魂化作一堆灰烬
捧出亲人的喊声

卷走一朵云的惆怅

一阵风的叹息
卷走一朵云的惆怅
风吹雨打一片落叶
抱紧风中的一棵树

用树枝抒写天空的云
悲伤的标志飘落一朵流云
这个世界
留下我们活过的痕迹

心如一把剪刀

一缕青烟飘过
落下虚无的身影
睁开眼睛
取出黑夜的光

拉长蜷缩的灵魂
心如一把剪刀
裁剪纸上的影子
挖掘汉字的修辞
一个汉语一个世界
藏着故乡诗歌
写作中的宿命中
影子如石头重压身体
跳动的心喊出
一个故乡诗人的名字

万溪冲的春天

万溪冲梨花如雪漫过山坡
一朵梨花　半句诗
片片花瓣　一首诗
透支生命的呼吸
诗经的《风》《雅》《颂》缀满枝头
隔世的典藏
翻滚素雅高洁的吟诵
朝圣眼神祀奉一世的情缘

摆渡一个春的世界
洁白清苦的文字
遮盖一生的伤痛

放飞风筝

一只简单的风筝
拉紧春的大地
一个跳跃的音符旋转
翩翩舞蹈天空

放飞风筝
抛撒口袋里的种子
一片山坡一个个脚步
踏响一个春世界
酥软的身姿
剪贴飘逸的柳枝
风的闲笔抒写清新的草木
地上的嫩芽饱满坚挺
如朴素的文字
绽放一个春的世界

高举浪花从不回头

一滴水落下　潜入海底
回声荡起一朵朵浪花
掀开波纹的海岸线
一滴水的回答是沉默

高举浪花从不回头
携水相扣走进时间的尽头
沉默是金击碎坚硬的岩石
一滴水穿透岩石
容纳一个世界掰碎的浪花

桃花谷

三千里桃花开放
山谷的风翻滚
山巅上的云朵
抖动身上的尘土

桃花潭水的欢喜
托起千尺深水的冰凉
缓缓流动
风中花瓣纷纷扬扬
飘落薄如纸的命运

天空移动的云朵
托举人世间冰凉的尘土
留下一半清欢　一半悲伤

大地上的花瓣

一年又一年
桃花梨花开了
风中的欢笑声
卷走凄美的身姿
痛苦的叹息堆积
大地上的花瓣
吟诵一首葬花词

石头花雕刻沉重的文字
风雪中化作水礼物
一树花瓣祭奠已远去的故人

黄金分割

收割黄金的画面

丰富的色彩
收割金黄的画面
春夏秋冬人间四季
花朵果实坠落

秋风弹奏孤独的万物
整个秋天在果实中进行
收藏硕大的悲伤
一场生死的离别降临
落下的树叶
燃烧苍茫的大地

一束光点亮高原的秋天

留下永久的语言
发丝垂向大地
水墨清澈奔腾
一束光点亮高原的秋天
鸟的练习声回荡山水
母语在稻谷上结籽
拔节大千世界

斩断原始的痛
横断山脉的一支笔
匍匐大地
冰冷的光刺破手指
生与死的弧线
穿过薄如纸的生命

吹响风的集结号

吹响风的集结号
柔软的身姿亲近万物
鲜花和太阳坠落温情
彩云构建一座营房
千山万水诉说裸露的事物

彩云之南
枕着云朵入眠
每一个结冰的脚印
都是云的帐篷
每一朵云都有自己的命运
带着风的使命
抵达天空大地

风吹草动

风吹草动
千丝万缕匍匐高原
澎湃内心淹没
低矮的荆棘
风吹冰冻的岩石
原始的痛沉沦深渊

一片落叶的轻
点燃生命的火焰
风的火炬吹拂万物
野草一样活在人间

草木一秋

空旷到空旷

鸟声缀满枝头

滴水的树叶开花

雪在路上开出花朵

覆盖枯草　掩埋干涸的大地

草木量体裁衣

落下转世的安详

人世间万物生长

草木一秋　没带走什么

痛楚的枝叶留下

一声孤独的鸟鸣

空转脚下的土地

裁剪秋天

1.

树枝弹起
血色的剪刀裁剪秋天
一群鸟饥渴的叫声滴落草木
翅膀抖动一个季节
不同的叫声
唤醒不一样的时空

阳光如雪
照耀荒芜的深处
一只鸟从天上飞过
千万只雏鸟穿过森林
天空大地梳理
终身飞翔的翅膀

2.

秋天飘落
在人间和大地的边缘
庞大队伍覆盖山川河流

秋的火焰燃烧
吞噬冬天的雪
灰烬中的落叶堆积如山
深埋整个冬天的世界

一道光走出黑暗

水是万物的光源
一道光走出黑暗
秘密的幻影悸动一个梦

一寸光照亮心中
永恒的光折射
生活的幻影
活成自己
一道光的力量穿过生命

过滤灿烂的谎言

小小的心脏
装满全部生活
秘密的细节
梳理欢乐和痛苦

寂静的草尖晃动快乐
划破失血的伤口
焦灼的火焰运行脉管
血液流动　昼夜洗刷
过滤灿烂的谎言
迷一样治愈苍白的忧伤

葵　盘

阳光仰面微笑
葵盘在天空旋转
引领万物
荒凉的山坡上
一百个太阳燃烧朝圣的火焰

砍断头颅　仰天长啸
虚实的语言斩断灵魂
野草化为灰烬深埋泥土
沉重的身体长出光的翅膀
与太阳同行告别世界

割麦声

隐藏在秋风中
滚动一夜的故事
从内陆上岸
泥土和水浸泡割麦声音
咀嚼身体上的秋色

猛烈的秋风摇晃
泥土中弯腰的疼痛
风中的镰刀
斩断生命的根
平躺的麦穗
划过一世风雨声……

入骨的秋风

一株株草药
生长在森林中山坡上

一株株药草如关节
摇晃在风中
扒开疼痛的筋骨
双手撑起弯曲的腰
寻找入骨的草药
带走世间的百病

森林中有千万种百草
从《本草纲目》中走出
煎熬人世疼痛难忍的疾病
一口一口吞服世态的炎凉

秋天的手刻进树皮

抖落金色
秋天的手刻进树皮
时间划破叶片
抛下一串词语

燕子呢喃　起舞清影
炫目的金黄埋下肉身
斑斓的身影
在幻美中腐烂
孤独寂静中的承受
高处不胜寒的坠落

霜降草尖树叶

霜降草尖树叶
霜降瓦砾岩石
渗透筋骨
一个干净生命覆盖大地

双眼穿透细胞膜
轻薄的生命坠落星空
斑驳的伤痕支撑
孤独的岁月
薄如秋霜的哀歌
融进人世间的冷暖

承受落叶之轻

斑斓色彩穿过树林
从头到脚盘踞

落花、残荷踩着脉动
手指拆开词语
草木的根涂抹画布
一首诗一幅画
舞动整个秋天
承受落叶的轻

剪断秋的火焰

剪断秋的火焰
词语和光线躲进躯壳
硕大的果实
隐藏深不可测的灵魂

伸出秋的手臂
纷纷落下的叶片
在尘世写诗……
闭上眼睛书卷云绕
剥开秋的果实
光线插进肉体波动灵魂

那片海

海浪翻滚
每一朵浪花飞溅砸碎
泪水淹没咆哮愤怒的涛声
厚重乌云弹奏白色浪花

琴键弹响缤纷的大海
美人鱼游动清澈的水中
海洋生物细胞充满水分
生命之水流淌血液
孕育万物

几十种放射元素
投入清澈的大海
生物细胞死亡
救命的水
流动美人鱼的脐带
羊水变异　基因畸形

水如冰毒在地球上
在世界的眼球上结冰
转动的地球　辽阔的海域
在人类海洋晶体上流淌血液……

揭开太阳的虹膜

1.

揭开太阳的虹膜
收藏瞳孔中的事物
演绎光芒四射的真理
清晰折射湖底
光的指纹锁定灵魂和肉体

卸下生活的苦水
辽阔的疆域深藏湖底
太阳的光芒
照亮深不可测的世界

2.

静默的眼睛
收藏一首诗

月亮隐居　群山起伏

眼睛沉默
打捞群山之宝
翻阅辞典
一盏灯点燃沉默的大海
词语畅游蓝色的海洋

眼底的黄斑区

眼底的黄斑区
收藏七彩的人生
黑亮的眼睛沉淀世界
清晨睁开双眼
清晰的图案
收藏内心的伤口

一些词语从眼中浮出
眨眼的星星　幽静的珍珠
诠释生活的痛
关闭瞳孔
遮盖所有的忧伤
今夜为谁死一次

斑斑点点的伤痕

第一次尝试油彩
隐身在一幅幅画中

一根根线条拉出
云南大地的云朵
一半山水　一半烟火
剪不断的故事隐藏画中

光线一寸一寸镶进肌肤
长出青草的嫩芽
风吹草地　牛羊成群
画布上飘落一片片树叶
遥远的竹林
一节一节涂鸦红高原
斑斑点点的伤痕

山坡上的陶罐

仰卧在山坡上
仰望天空
蓝天、白云、清风的诗句
钻进一只坛子
放在东山坡上
若隐若现的云端有神灵
独自游走在郊外的野山坡

阳光翻透柔软的茅草
从上到下从左到右
覆盖赤裸的身体

太阳偏西
卧在山坡上的陶罐
静静等待野草的烟幕
草木一样的诗歌
草木一样的人生
装进千年的陶罐

陶　罐

一个陶罐
收藏八方风水置于荒野
小小的圆立在山坡
散乱的云朵穿过风的港口
柔软的心归于根
存放生命的重量

草木树林山野开花
吐出人间的血迹
从泥土中站起来
荒野上的陶罐
燃烧骨与肉的灵魂

一道光收藏整个影子

一道光收藏整个影子
一缕芳香飘过一生
抛向太阳的歌声
接纳天长地久的一秒

一寸光照亮生活
点燃迷恋的火把节
神秘的光影穿过
阿诗玛的思念
一曲山歌唱响世界

一朵火焰

划开火柴的光
魔法的火源黑暗中闪烁
虚拟的光扣紧身影
画出无形之舞

一朵火焰
燃烧内心的孤独
空旷的心点亮天空
星星之火
燎原山川河流
挖掘古老的文字
燃烧人类的思想和灵魂

瞳孔中燃烧的火焰
在流逝的时间中熄灭

笔尖缀满词语

1.

笔尖缀满词语
墨汁涌出一行行诗
飞流的瀑布
切割肉体和思想

山河纵横　笔尖垂直
一根藤蔓缠绕人世间
光的弧线击碎万物
内心深处的悲伤
流淌静默的山河

2.

笔尖拆开词语
一首诗从忧郁的内心

抵达旷野
诠释人世间的苦

一支笔打开人类的思想
一个诗人
遨游浩大的疆域
血液中注入孤独的名字

一根线串红乡村的路

一根线串红乡村的路
挂在老屋下的辣椒红红火火
晒红整个秋天

敲响老屋的门环
烟熏火燎的瓦房
挂满乡村的味道
一根线拉开心中的词语
风雨中飘荡的一生

秋光点亮高原的云

1.

秋光点亮高原的云
太阳烘烤辽阔的大地
厚重的云朵卷起低头的命运

秋的落叶
撕碎脚步　穿越火线
以身殉葬
火焰燃烧

2.

风中轻巧的树叶
涌现悲伤
秋风中每一片落叶的命运
形影相随　迷恋剪辑

安静坠落　妩媚死亡

呼啸声中
坚硬的骨头直插泥土
火焰化为灰烬
融入大地

生命密码

生命的密码

把诗歌写在叶片里
灵魂在绿叶中生长
叶脉吸收冰冷的露珠
深藏透凉的肌肤

春夏秋冬血液奔涌
阳光与灵魂合拍
风吹过一夜又一夜
翻出旧的遗址和故事
静坐子夜中
说出真实的生活

笔划动生命的密码
剥开文字的血肉
抽打一生的沧桑
和世态的炎凉

身　体

紫气东来
一些素食主义梅竹兰
清理人体内的垃圾
风生水起洗尽铅华

给思想松土　给身体浇水
根深蒂固抱紧岩石
春身温如玉　柔韧青如瓷
干净的身体种植梅竹兰
尘世间散发各自的馨香

细　胞

秋天的清香
渗透全身血液
一朵秋菊在红细胞中开放
一块石头在白细胞中探出头
满山遍野的乐队齐声合唱

天空下
一个个石子敲打灵魂和肉体
一朵野菊在血液中歌唱
一丛丛一簇簇绽放开满山坡

血液循环

不通则痛
热敷痛点
经络一浪一浪推动
血液循环

洞穿天地万物
岁月的刀
切割坚硬与柔软
激光的火线穿越
内心挣扎的痛
瞬间的光影搁浅生活

阳光穿过生命
疏通梗阻的经络血管
清理人间烟火中的垃圾
拨动生命的曲线

铸造人类阴阳学说

阴阳缔造生命之火
天地的奥秘　时间的宝盒
转动阴阳学说
水属阴　山属阳
初潮的水涌动青春
开辟山河构建阴阳的基石

人类的和谐源于阴阳结合
光为阳　血液为阴
光合作用下的男人和女人
交换生命中含铁的血红蛋白
从初潮到生育
血与阳光的釉彩
激荡诗学的美意
铸造人类的阴阳学说

打开肺部的枝叶

打开肺部的枝叶
全身的血液归于心经
膏药遮盖一生的疼痛和悲伤
骨血支撑肺部的呼吸

敞开人类的思想
身体的骨血掩埋文字
一个看不见的灵魂归于泥土
一个诗人的魂魄骨灰
在土做的心里生长
枝叶茂盛生命轮回大地

望闻问切

望闻问切
是中医察言观色的方法
医生用手把脉
凭经验的手感
探查身体的病痛

沉浮虚实的脉诊
用辨证施治方法
请出每一味草药
一张处方调理脉动

一株株草药
穿越身体的山川河流
清除疼痛的孽障
还人类一片绿色

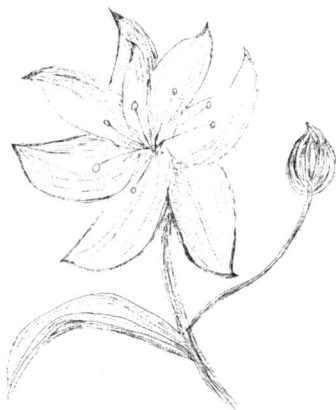

血 压

血液从心脏流出
情绪控制全身的血压
一夜失眠　沉重的生活
压迫全身的肌肉血管
血压升高

舒缓这座城市
密密麻麻的血管
世上唯一捆绑生命的
是情绪

一张一弛地活着
一滴水软化血管
释放身体的压力
一滴血的强大
承受生活的重量
珍惜人类的生命
晶莹剔透的血液
缓缓流动全身

新陈代谢

光线如针穿透
暗哑新鲜的空气
敲打的钟声若有若无

一只鸟鸣涧河西
从一棵树出发
从一双鸟的翅膀出发
悲喜交加
透明的忧伤
从云朵缓缓落下
破碎的声音
愈合创伤的过程
新陈代谢
新生命的秘密
催醒生长的万物

生命指标

水银柱从下到上测量
全身的血压
指针摆渡生命
玻璃的水银折射复杂的心情
欢乐中易碎　悲伤中坚强

深入身体的内部
激动的情绪
一浪高过一浪
波动的水银起伏血管的收缩

均匀的呼吸调整
平和的内心
维系长久的生命指标

心在跳　血在流

两根钢针固定
已碎的骨头
十指连心的疼痛
在麻醉下减轻
心在跳　血在流
麻醉清醒后
均匀呼吸

霓虹灯下透明的指纹
连接五个手指的神经血管
伸开的手臂
渴望一双手握紧
温暖的另一双手
激活死亡的细胞
十指相扣燃烧指纹
复活的血液流动痊愈的生命

永远的伤疤

医生用一根线缝合
裂开的伤口
一千个细胞在一根线中游荡
一千个灵魂挣扎一根线中

一个谜解开生物细胞学
一根生命线让无数人恐慌
一根线缝合生与死
忍住身体上的痛
抽出愈合的线
生命的奇迹
留下永远的伤疤

释放身体的镇痛剂

一个病人呻吟
释放身体的镇痛剂
呻吟覆盖倾诉
疼痛中祈祷
缓解阵痛的琴弦

一个音符穿过身体的河流
一针见血切除硬化的病灶
脆弱的生命复活
柔软的呻吟中
让世界获得诗意的赞美

拔掉一颗疼痛的牙

每一个人都经历过牙疼
"牙痛不是病，疼起来要老命"
青云街4号牙科诊所
王医生多年用一把钥匙
打开一道崭新世界的门

一些牙龈肿痛　疑难杂症
在诊疗的电钻下
解决牙神经牵拉的头痛
锋利的电钻磨开疼痛的牙
一颗药杀死了牙神经
面对真实的世界
拔掉一颗疼痛的牙
有效填补生活中蛀虫的龋齿

空气中的病毒

地球病了　人类病了
病毒的飞沫在空气中飘荡
依附人世间繁殖
病毒与人类世界共存亡

病毒钻进眼睛、鼻孔、口腔黏膜、呼吸道
进入心肺
循环在血液中
38℃~40℃的高热、剧烈头痛……
疼痛的身体与病毒激烈地搏斗
融化的药物杀灭病毒
吸水细胞释放身体的免疫力

人类死里逃生　阴阳迷茫
阴阳也是天注定
脆弱生命在炼狱的疼痛中
获得新生

紫外线

山顶上白浪滚滚

太阳翻身

高原炽热的阳光

放射强大紫外线

暴晒浸泡盐的颗粒

盘旋在白光闪闪的岩石上

白蝴蝶目光焦灼

内心激流涌动

一个光的海洋

扇动的翅翼

转动虚拟的世界

太阳和语言的风暴

消杀人世的病毒

紫色的光　紫色的翅膀

飞翔人世间

针　灸

一根银针破解身体的疼痛
触电的银针破译
宇宙秘密

一根针刺入百会穴、合谷穴
一滴液体的语言
著述《本草纲目》
揭秘深不可测的肉体
神手推开《经络学说》
推散人间瘀血的疼痛

咀嚼甘草回味一生

医生望闻问切
诊脉的手窥探身体的秘密
一张处方调理气血治疗失眠
一张处方活血化瘀治愈疼痛

一生奔波
文火熬煮寻找良药
双手合十祈祷
消除心中隐藏的痛

天地万物运行　平衡阴阳
调理心态　驱逐忧虑
一颗安静的心
是世界上最好的良药
咀嚼甘草回味一生

打开声带

喉咙里的声带
关闭尘世的杂音
自由的身体梳理
白天与黑夜
水和食物喂养生命

打开声带
波浪一样的歌声
如磁铁穿过旷野
浸透肺部的语言
扩大肺活量
一首歌穿过自由的声带
卷起沉重的泥土
走过无人区
荒芜的旷野
唱出人世的沧桑

世界眼里的麦粒肿瘤

风中一粒沙尘飞进眼里
轻轻一揉没掉出来
眨了眨眼　疼痛的泪水
无法冲出微小的沙尘
待在眼里长成麦粒

小小的眼药水难予冲洗
满世界的沙尘
这些尘埃如沙尘暴
闯进眼里的世界
病毒繁殖生根成为
世界眼里的麦粒肿瘤
侵犯人类的双眼

城廓钟声

新年的钟声

轻叩手指翻过流逝的岁月
新年的钟声敲响

长久的沉默在铁中挣扎
咬紧牙关敲碎人世间的苦痛
沸腾的群山收纳铁的声音
木槌撞击声
一浪高过一浪
大海滚动灿烂之光

一片树叶飘过
钟声敲醒人世间
匍匐沧桑的岁月

双手合十相互安慰
菩萨睁开双眼俯视众生
张开嘴吮吸人间的疾苦

敲打的钟声空旷辽远
穿过门环
落下空寂的月亮

熔 炼

翅膀卷起天空的云
一撇一捺画出高山流水
云朵飞过河流
划过村庄
一点一点涂抹
高原的冬天

合拢冰凉的手指
朝圣的路上
雪花飘落起伏的山峰
鸟翅划过冰冷岩石
结冰的翅膀
抖落乌蒙山的云朵
沉重的肉身在大地上
熔炼众神飞翔的翅膀

量子的光

光影移动
每个生命落下真实的影像
光的单行线折射

生物钟敲打生命的光源
宇宙发射量子的光
穿越地球所有的生物

一束光如一盏灯
一点一点耗尽短暂的光源
生命的光如一盏灯
点亮地球众多的眼眸
生命起死回生

羽毛释放整个天空

阳光中张开翅膀
撑开生命中的每一根枝条
羽毛释放整个天空

眼里涌动大海的波涛
轻盈舞蹈　泪洗天空
每一次倾听
抖动翅根的羽毛
浸泡了无数颗珍珠

天地间
一些生命销声匿迹
一些羽毛浮出水面
承载生命的轻和重

羽毛作画

天空的羽毛作画
分解自己的肉体
风吹草低牛羊成群
高原蓝天飘着白云

抵达海拔深处的牧歌
绕过高原
飘落的羽毛从骨头里
拔除高原的雪

金戈铁马指点江山
羽毛与肉体分离

马蹄踏过千秋的大地

眷恋生命

眷恋土地　眷恋生命
人世间拉不直的问号
佝偻在土地上

寒冷病毒袭击人类
侵入肌肤肺部
眼里苍凉如雪
脆弱的生命如瓷
生与死挣扎中
苍茫的大地渴望
生命之水长流

天空飘动的云朵
吐出雾化的氧气
升起的太阳照耀
几百万平方公里的土地
喷洒放射出人类复活的生命

花草的语境

一张纸折叠人生的厚度
秋水草木一生

花草的语境
月光的长影
往返红、黄、白之间
折叠人世间的喜怒悲伤
堆积内心的泥土
掩埋一生的灰烬

刨开高原的泥土
阳光下晶莹露珠坠满鸟鸣
沉入大地的根系
吸吮全身水分

伸入泥土盘点词语

哗哗的水声流淌山河
葱郁的绿色覆盖山河

伸进岩缝
吮吸泥土中的草木
一条条根系的思想
顶开一滴露珠
诞生一首诗

一朵云吐出雾化的一滴水

一张一合　世界在肺部呼吸
病毒弥漫人类生命的共同体
方寸之地咬紧牙关

一朵云吐出雾化的一滴水
弥漫地球　弥漫人体的肺部
一股清泉流动全身
一条皲裂干涸的河流滚动云朵
一朵一朵云雾化天地间
一滴一滴水消杀病毒的微生物

天空的太阳、云朵
广袤的大地　高远的太苍
释放紫外线的光
杀灭全球的病毒

翻过季节的草木

一条河流划开一座山
冷空气的波浪袭击
山坡上的荒草
加重冬天的寒冷

时间穿过薄如纸的生命
纸包火在阴山和阳山中燃烧
翻过季节的草木
裁剪释放阳康后的春天

整治咳嗽后的春天

麦浪滚动云朵和天空
南风过境淹没的小路
作别西天的云
挥舞春天的枝条

风吹过辽阔的大地
高原稀少的水像食物一样滋养
生命的轻与重渴望阳光灌浆

寒冷的冬天
病毒肆虐
加重了人世的悲凉
触摸天空
高原的风炙烤荒凉的生命
吞下一粒一粒药片
整治咳嗽后的春天

芸芸众生皆苦

一根绳索捆绑母子
通灵的眼睛
揭开神秘的宇宙星辰

剪断生灵的翅根
婴儿哭啼降临人间
擦干伤口的第一道血
割断孕育的每一天
活着攥紧攀爬

芸芸众生皆苦
爬出来的每一个人
孤独等待异样的人生

看见那片海

眼角的泪
一个小小的海
剥开天空的蔚蓝
一个世界的地图
在深邃的眼里放大

滴水穿石
澄清生命中的河流
大江东去　奔涌润物的溪流

我看见的那片海
悬空滴落
流逝沧桑的岁月

太阳背着月亮上山

太阳背着月亮上山
红色的飘带落在山的脊梁
风中彩霞浓缩高原的苍茫

宁静的月光
照亮红土地的魂
金沙江水绕过横断山脉
流淌家园

架起篝火的山坡
燃烧99朵玫瑰
裂开的峡谷
托举月亮的光芒守护高原

玫瑰谷

在高原等你
彩云之南万亩玫瑰
一朵朵一簇簇开放
伸开柔弱的身姿
一瓣瓣香气渗透血液

红的、黄的玫瑰满山遍野
一朵朵邀约高原的天空下
捧在手上的是
一朵没有蜕变的红玫瑰
恭候诗人的到来

跳跃的词语

守住内心的圣洁
诗与星空的距离
悬挂月亮的银光

一场细雨
浸泡一朵花的今生
一生的幻想
挑衅醒来的灵魂
亘古的爱情向诗歌致敬

今夜荡漾持久风暴
火焰燃烧神秘的花园
跳跃的词语
跋涉人世的尘土
深爱的归途中
合藏一生的灵魂

倾城相拥

不辞而别
风默默探寻
拉长逝去的影子
风吹落何处

春归的魂
揭开世界的谜底
吹绿卧地的青草
一块干净的丝巾飘荡

天空花红柳绿
一片干净的云
倾城相拥　守望一生

冬天的草

云层压低山峰
风吹过冬天的草
冰雪袭击
岁月掏空身体的余热

生命凋谢在风雪中
历经无数次滚打
干枯的草堆成一座山
穿过荒凉的身体

沧桑密布
伫立岁月的风雨中
生与死　青与白的考验中
燃烧生命的圣火

雪花飘落

整个冬天堆一个雪人
寒风冻结树枝
冻红的手指堆积雪的肉身
流水的骨头伸出残缺的手

冰冻三尺非一日之寒
风吹醒冰冻的心脏
博动生命
冬天温暖的太阳
融化风雨中雪的肉身
及一个世界生命复活的痛

一条冰冻的绳子

一条冰冻的绳子
拴紧整个冬天
流水的肉身
包裹骨骼的疼痛
飘飞的雪花落在心上

冬天温暖的阳光
融化痛苦的一生
伸开残缺的树枝
抖动冰冷的手指
淌过的泪水归还春天

山水之乐

山水人世间

1.

沿着山脉　沿着小路
领略身体中的清澈
一只白鹭飞过旷野
领略山水人世间

一朵一朵的云涌入怀中
成为高原的一片风景
白色的翅膀忽明忽暗
扑打苍茫的大地
羽毛划破
九曲十八弯的山水
一朵浪花
挣扎一声哽咽
一身清白留人间

2.

一只鸟在树上练习唱歌
一个孩子在树下教鸟语
一群鸟经历风雨
冷静观察

面对天空之城
面对一个孩子
无语终结一声不吭
时刻准备空中飞翔

贯穿山的魂魄

云南的高原　白云如船
在山的每一个角落安家
触摸神山　石头叫魂
花朵闹春　小鸟歌唱

点燃春天
山的魂魄在敞开的身体中翻滚
喘息的牛栏江笔直坚硬　劈开山谷
飞流直下
堆满了石头的河流

一条江水画龙点睛
贯穿山的魂魄
张开手臂沿岸的风景
茂盛的植物在指头上燃烧

灵魂摆渡大海

仰起头在风中呼唤

灵魂摆渡大海

抽空身体沉重的波光

穿越千万年不变的姿势

芦苇荡漾秋天的符号

三千弱水画中行

一江清寂留清影

白鹭单薄的身影

舞动江水

惊魂的波涛

震动粉碎性的力量

浪花涌动尘世的悲伤

宽恕人世的悲伤

诗歌的高贵
带来了词语的荒凉
灵魂的拷问
宽恕人世的悲伤
赞美诗歌　赦免祈祷
神的眼睛穿越火线
温暖人类万物深处的严寒

时间的碎片切割灵与肉
一个汉字一个世界
敞开思想
吟唱一首生命赞礼的诗

人生的感叹号

腾云驾雾
一出手抒写童年分行的记忆
一滴墨水涂改雪地上的脚印
歪歪倒倒我行我素

胎记的步履凸凹文字
大珠小珠落玉盘
一笔如神撑开天空
声势浩大的笔力加重时间的足迹
人生的感叹号
落在一堆的文字中
编织人世间的一本书

生命的版图

丰腴的身体起伏
心脏跳动
血液曲折蜿蜒循环全身
幽深的谷底地形复杂
渗出清澈的泉水

敞开心房血液如水
滋养全身器官
打开身体的经络
肌肉骨骼伸展
脊梁落下的汗水
在岩石上开花
盐水的颗粒渗透
生命的版图

泸沽湖

奔流的江水
滚动的生命
云朵伴随大三弦
裙子卷起云朵
跳舞的人摆渡彩云之南

山歌在篝火中燃烧
脚步踏响山河
原始的节奏窜动森林

摩梭人摆动裙裾
舞步转动走婚的磨盘
弦音清袅
婆娑云裳舞动天地

蓝色的语言

细密的波纹落下云朵

蓝色的天空　蓝色的语言

涌动彩云之南森林大地

蕴藏神秘天空

抽空身体的血液

森林中的鸟鸣灼痛高原

翅膀震动秋的火焰

直插云朵的羽毛

舞动蓝色

坚硬的骨骼震碎

人世汹涌的波涛

云海沐浴文字

支　流

一千万条支流汇集
翻山越岭
江水流逝岁月

水在身体中沸腾
翻江倒海碾碎沙石
过滤全身的血液

收拢沧海桑田心
清澈的流水
穿过一座座冰冷的雪山
冲洗人世间

滴水穿石

滴水穿石
身体里溢出的山泉
在峡谷中随波逐流
在草尖上晃动

一颗颗水晶的露珠
融化麦浪翻滚的春天
润物细无声
尝一口新鲜的山泉
悬崖上的滴水穿透岩石
瀑布水声回荡在山谷中

时间转动手指

时间转动手指
鸟的翅膀飞过天空

交换左翼和右翼
丰满的羽毛掠过春天
温情的陶醉
依偎大地的深渊
翅膀滑行一个世界的风景
拉紧手中的风筝
一起飞翔
穿越狂风暴雨的火线

鸟啄醒人世

一束光切割
照彻水中
绕过山山水水
投下轻盈的影子

鸟翅掠过
卷起一圈圈伤痕和水
忧伤地在林中鸣叫
一遍又一遍穿过时空

阳光下
越冬的麦子跨过严寒
空旷的田野
一粒粒饱满的麦穗
一息息生命的鸟鸣
啄醒人世间

博　弈

风的口哨声吹响群山

深山古树　灌木叠翠

山石刻上干净文字

溪水流淌

根系凝结成化石

均匀呼吸

活着的树木延伸

鸟翅膀扇动叶片

博弈沉重的影子

山峦溪流纠缠

风吹草低

天地间献上苍茫的年轮

羽毛寻找天涯

羽毛寻找天涯
迎着风踏着浪
划破一朵朵白云
细数脚下的一行行诗

高原的风吹散长发
诗人相坐彩云之南
流云卷起万千思绪
一位的诗人
用诗清洗尘世沧桑
隔着云层
一个干净的世界
翻读一本灵魂的诗集

飞鸟穿过峡谷

一滴水在炎热的夏季消融
发丝落下云朵
鸡足山的风吹过耳际
双手合十跪拜
伸入云梯的虚云寺
雨清洗虔诚的心

飞鸟穿过峡谷
忧伤的猴子在雨中
迎接远方的客人
高处不胜寒
寺庙的佛经弥漫草木之心

羽　毛

羽毛如云
沉重的身体降落
诗歌的翅膀飞翔
山谷河流田野
卷走万朵彩云

双手绘制
山水的辽阔
云雾缭绕
森林中一声声鸟语
梳开一根忧伤羽毛

浸透画布的风筝

坠落的云朵
丈量山的高度
山挡住了云的风景线
神秘的旅途
半醉半醒静卧乌蒙山

风拉开云彩的距离
汇入山川河流
舞动奇迹的世界

风的曲线缠绕
云朵的姐妹
蝴蝶翩翩起舞
浸透画布的风筝
飘落彩云之南

空阔的距离

一滴雨在空中
收紧沉默的影子
顺瓦檐树叶、草木落下

一滴雨垂落
独守大地的根须
雨水穿透流淌的时光
天空倒映着内心的辽阔
无法承载沉重的雨水

空阔的距离
一下一下地撞击
回旋的钟声
水从身体里溢出
领略大地的磅礴

熬　炼

粗糙的颗粒
在泥浆中碾压
一遍遍淘洗
沉沦水中的沙石

天空的雨水冲刷
空茫的大地
沙尘暴中
迷路的鸟起飞和降落
划破受伤的灵魂

坚硬的翅膀
支撑暮色的苍茫
一个世界
一片土壤熬炼飞翔的筋骨

火　塘

一个个石头滚动
一个个山药蛋
在火塘里烘烤
咔嚓洋芋嚼碎童年
半生不熟声音在洋芋中开花

火焰滚动吊壶里的水
黑色的眼睛
如天上的星星在火苗中闪动

推开月亮的门
烟熏的嗓子呛咳沙哑
刨开一个个土豆
手中的火焰
温暖一家人的生活
燃烧的柴火化成炭灰
捂熟灰烬的一生

千里之外

风吹开翅膀
一节一节思念
一片一片秋叶落下
什么样的高度决定惊心的魂魄
什么样的火焰燃烧大地

纵身跃动
抛洒雪花的词
拆开一首首分行的诗歌
千里之外
等待一匹白马
奔驰在空旷的原野上

隐身在星星中

柔软的彩云是你的眼神
火焰穿过厚重的阴影
品读一部诗歌

朝圣者的灵魂
在山上头顶踱步
雕刻痛苦的皱纹
隐身在星星中
诉说一世情缘

高原精灵

浓缩一生的轨迹

融合不同的声音
轻巧的翅膀翻动
每一个名词的驿站
汉字的动词糅合
自己的声音
斜插的翅膀播种大地的语言

双手攥紧翅根的绳索
逃离人类的琐碎
诗意栖息　灵魂安放流转
浓缩一生的轨迹
解开一个世界的结

高原的红柿子

冰冷的枝条
结满红红的柿子
天空流云 飞鸟的身影
穿过人间

天空的太阳
高原鲜亮的红柿子
落下薄薄的白霜
啄开柔软的皮囊
鸟儿欢喜
天空下的一滴血
死于甜蜜的悲伤

命　脉

盐的颗粒沁透
一张白纸滴满泪水
一颗一颗滑落
吸附一生的命运

盐的颗粒融化
命脉中一张皱褶的纸
拉开疼痛的伤口
流淌盐的味道

一个字一粒沙

一个字一粒沙
填写世界上
最遥远的距离
命中相遇是缘
不计生与死
释怀走过一生

一滴血如水
在时间的无涯的荒野里
抒写一个世界
一个眨眼的瞬间
而你就是一部电影、一首诗歌
走在人世间的路上

吐出一个火球

吐出一个火球
吞下一个寸草不生的月亮

高大的建筑成为主语
森林砍伐、粮田改造成为谓语、定语
吃喝拉撒的人类
睡在一个火海里
从前的绿荫　干枯的河流
成为一个城市缺医少药的伤痛
一个生态世界的毁灭
转动一个生病的地球

地球最后的眼泪

地球日夜转动
挤压滚动一滴一滴水
干渴裂变储存大地

柔软的草低下头颅
跪拜祈求天上的雨
生命中的雨水
沿指尖渗透骨缝
从裂开的腹地洞穿
一滴一滴流出
那是地球最后的眼泪

炙烤红土地的沧桑

红高原的云朵飘落
迁徙的光抵达
阳光深处的一支笔
水光的线条
涂抹大地的画布
彩云之南八月的高原
风吹草低　牛羊成群
一片一片构筑家的乐园

云朵遮盖火的温度
转动地球仪的经纬线
生命中的词语
炙烤红土地的沧桑

方寸之地有诗书

乘风而来
广阔的视野
天际辽阔
时而清晰　时而模糊

风穿过身体
笔尖调动名词和动词
风中邂逅　水中游荡
一半温暖　一半清凉
滑行岩石中
生命的尽头留守空白
方寸之地有诗书
一生修炼、忘却……

风穿过衣袖

风穿过衣袖
手握住风雨中的重逢
指头上的花仰望天空
时间和空间速度踏过山水

抛开宽大的衣袖
收拢大朵大朵的云
空旷的原野　独自前行
风吹草低　花开花落
一个弱小的生命
起伏人世的终点

摇曳空荡荡的山谷

身体的波浪滚动高原的圣光
环山的脊梁婉转命运之轮
风舔舐伤口
岩石刻画文学史中的缠绵
风穿越历史
手指相扣舞动世界的奇迹

神秘的玉龙雪山
冰雪的词汇解构山水
快乐的风雨唤醒大地
千山万水寻找灵与肉的共鸣
溪水弯腰流淌
格桑花秘密喧响敞开
一个迟暮归来的人
晃动一滴残存的梦
摇曳空荡荡的山谷

月亮穿过门环

月亮穿过门环
落进眼中

升起的月亮静卧高原
穿过屋檐　落在树上
落进水中
明镜的光折射
花影中不灭的神

敞开心灵
仰望圆月
一生困顿沿着
阴晴圆缺的月亮转动

翻过云层的月亮

伸出手
一枚黄色的树叶飘落
翻过云层的月亮落下

今生和你相聚
山坡上、旷野中、海面
银色的月光穿透
半醒的身体
每一次落下的震撼
来自生命的体验

一枚月亮转动在眼瞳中
短暂的呼唤是离别痛
深邃的瞳孔里
守望一个抽身而去的影子

千山万水只为你醉

皮囊包裹一生
酸涩和忧愁
阳光普照　葡萄晃动指尖
从青涩到成熟
丰满的身体装满甜蜜

撑开发酵的生活
酿制酒的成分
千山万水只为你醉
剥开皮囊留下
葡萄的一串眼泪……

深情告白

撑起一个沉重的天空
云朵沉默不语
吞下太阳的光
深情告白
影子里隐藏的肉身
揉碎阳光雨露

越过坚硬的岩石
沿山川河流
寻找东去的海岸
以光的重量丈量世界
以云的水滴弥漫苍茫大地
哽咽的词语苍白自由
吮吸人世间尘土和悲伤

自由的终点是一条船

江水悠悠
延伸美好的时光
流淌分寸的欲望

柔软的力量转动地球
绕过古老的群山
浇灌干渴的大地
自由的终点是一条船
承载天地　穿行江山

盘点自己的身体

盘点自己的身体
树干长出枝叶
清晰的年轮
一节一节摇晃
梦的枝条

体外的伤痕滞留心里
断崖悬念通向空空的躯壳
神的眼睛穿越云层
一生一世空空如也
声音抵达
烛照206块骨头
支撑的灵与肉

指尖划过额头

指尖划过额头
梳理千里青丝
划开山的腹地
一丝丝荡漾大海

滇池的红嘴鸥
打开珍贵的喉咙
呼唤三千里情人
高过云朵的叫声
飘落诗的羽毛
撩拨水中的柔情和忧伤
凋亡中一次生命的蜕变
露出鹅黄的羽毛

收拢翅膀

收拢翅膀
隐藏在森林中
金殿后山
穿梭人鸟的练习声

情鸟合唱　叫声悠长
抖动的羽毛　投食引鸟
人鸟共鸣　交流鸟语
一群鸟蛰伏在森林中
学会鸣叫人类的语言
鸟鸣声转动一个太平世界

眼含露水摇曳秋天

眼含露水摇曳秋天
芦苇飘荡以泪结霜
柔软的力量穿过水草

孤独的白鹭充满忧伤
天空的云朵飘落汉字
波光中羽毛抒写
一闪而过的翅膀
一滴水一个世界
心如露水随风飘落

魔幻丛生

翅膀擦亮水波

水穿越自由的时间
成群的鸟飞过

飞翔的翅膀擦亮水波
旋转空中
光影集散投掷一串串
落地有声的珠玑
敞开心扉
飘落的羽毛
露出坚硬的翅膀
飞翔的姿势渐渐远去
低沉的流水滚动生命

白　鹭

一万朵云覆盖江河
一万朵花在岩石上绽放

天空下一群白鹭穿过草海
一泻千里的白云
卷走白鹭的叫声
浪花翻滚　喷发的力量
托举整个世界

一群白鹭闪烁江水的光芒
天水的清澈中
飞翔的翅膀
映出整个江山

生根的海面

云朵从天空落下
大海把云朵举高到天空一半
水面晃动妊娠波纹

一群礁石静卧大海
风浪中滚动的云朵
掀开一张千年驶过的帆
柔软的云飘过
生根的海面缠绕礁石
浪花拍打大海的前世今生

空旷的山谷

行走大地
日落的重量承载
山水的回眸
不肯消退的眼眸
追寻驻足地平线上

空旷的山谷
留下月亮的影子
绕过山岗、漩涡、沟壑
穿过人间沙石和雾霭
纵身一跃向海而歌……

庄重的黎明
溶于山水的密度
山峰耸立
一轮太阳冉冉升起

翅膀的声波

翅膀的声波
让一群鸟起飞
天籁之音被风带走
天空的高度
决定飞翔的高度

目光重新丈量翅膀
以声音的形式
活着的使命
沿飞翔的航线
唯一的路标
完成一生不确定的死亡

人类的观景台

一只蜜蜂舞动引爆整个花海
一个人面对一片汪洋
花花世界荡漾人类的观景台

一群狂野蜜蜂如雷贯耳
狂暴轰炸灿烂的花海
为花而生
一生繁忙酿蜜而死

太阳的魔术

古老的液体流淌山野

风在草尖上舞蹈

焦灼的火焰

划出山野一道流血的伤口

脉管弥漫着迷一样的足迹

整个夏天

太阳的魔术

在高原上燃烧

血液在脉管中运行

淹没了整个大地

低谷的脚步转折

一路历经陡峭
低谷的脚步转折
艰难跋涉
一朵浪花穿越
流淌的心向大海

精血洞穿山脉河谷
渗透大地
瀑布奔流　砸开山石
一朵浪花过滤一滴清泉
粉身碎骨守护旷世的山河

天边的云朵浸湿花瓣

天边的云朵浸湿花瓣
眼底折射高贵的光芒
一层一层眷恋红的黄的色彩
柔软缠绵写下水的浪花
舒展叶脉接受风的抚慰

花瓣簇拥傲骨的枝叶
滴落一个世界的沉思
浪迹天涯寻找前世之旅
爬满眼角的皱纹
留下一枚落叶独特的书签
直插丰润的生命中

一滴水一朵花

一滴水流淌江河
碰撞大海
花朵开放的海洋

一朵花流动心房
温柔的词语绽放
呓语的花瓣开放
在乳房、肚脐、脚趾
吞噬浩荡芳魂
一朵两朵三四朵
灿烂旋转漂流
大自然中花蕊的语言
从头到脚挖掘思想的根

画很大　字很小

画很大　字很小
随心所欲深入挖掘

一撇的广度　一捺的深度
隐藏世界
星星闪烁　字睁开眼睛
历练十月的身体
疼痛中降临新的生命
唇齿间的名词变动词
一支笔凿穿大地

一笔一笔收回大地

一张白纸落下鸟的气息
一双翅膀收拢整个天空

一只鸟飞过森林
飘落的羽毛穿过气流
飞翔的翅膀划开天地
一笔一笔收回大地

一生钻一个眼

一生只钻一个眼
纽扣沿笔直的线
扣紧一个身体的灵魂
穿过苦乐的风景
遮挡一个冷暖的世界

夜晚解放一生的宿命
兜兜转转的纽扣
固定生活的点点滴滴
拉直一条蜿蜒曲折的线
盘旋在生活的布衣中

露珠饱满的光汁

变薄的影子中
露珠饱满的光汁
撑开蓬勃的力量

鸟的叫声融化冰凉
一簇新鲜古老的爱降临

甜蜜苦乐中
压扁的露珠
孕育神秘的星团
云的夜晚滴滴露珠
逃避苍茫人世间
变薄的影子
留下最后的叹息

灯光下的一首诗

整个夜晚被关在门外

灯光下的一首诗

星星一样的谷粒结满眼中

水稻的根在宣纸上涂鸦

一生执手　交换思想

随风起舞

奔涌苍茫的人世间

一捆弯腰的稻草

割断了血脉

一个稻草人守望沉睡的大地

清晨和世界一起醒来

风的口哨吹响

风的口哨吹响
时间弹奏的黑白琴键
一片云
在万物中相聚告别
吹醒大千世界
追随一朵云重逢的惊喜
云朵变化的姿态
沁人神秘的山水间

好听的名字

彩云之南　千山之外
是动植物王国
也是花的故乡
春天满山遍野的鲜花开放
山茶花、杜鹃花、野菊花……
是女孩的名字　她们是花的使者
男孩命名为小熊、猴子、大象……

孩子们生长奔跑在大山里
呼吸大自然的空气
大地的鲜花开在女人身上
阳刚之气化作男子汉的力量
山水间好听的名字

来自动植物王国
呼唤人类与自然
风调雨顺五谷丰登

低处抒怀

一片阳光从树上落下

一片阳光从树上落下
一支笔蘸着泉水
宣纸透过阳光
凸起每一汉字

心有寸土　滴水不漏
枝叶如骨　方方正正
落下大海的一滴泪
蒸发人间
阳光抒写大地

穿过低矮的荆棘

墨汁渗透母语
种子的词根窥探大千世界
时光穿梭稻草上结籽

云淡风轻
一张宣纸覆盖田野
千言万语拂过万物之灵
澎湃的内心灌满墨汁
一支笔匍匐于大地
穿过低矮的荆棘
抒写人间原始的痛

一颗种子

一颗种子
吞噬太阳的光芒
沉重的身影裹着露珠

神奇的种子发芽
胚胎上的羽毛抖落
梳理风化的岩石
向着太阳
飞翔的翅膀撑开生命的天空

撑开筋脉

一片落叶握紧
巴掌大的土地
一点点掏空内心的
疼痛、寒冷
落叶归根
在泥土里腐烂

撑开筋脉　一片雪花
融化巴掌大的爱
根尖的命运与寂静相邻
失血的筋骨苍白忧伤
挤压拳头大的心脏
春风一点一点吹醒大地

水的密纹流淌

波涛涌动

声音旋转大地

一张唱片转动

旷野深处

水的密纹流淌

乌蒙磅礴　滚动泥丸

撞击金沙江水

漩涡中一张唱片

碰撞开花的山坡

绿色与血液同行

乌蒙山原始森林
绿色与血液同行
阳光下黑色的眼睛
魔幻的声音弥漫天空大地

从一颗古老的树开始
绿色和开花的声音
回到祖先的视野
原始森林神秘的符号
传说乌蒙山的故事
磨砺的剑出鞘
森林中一棵老树
用生命中最后一片叶子
燃烧人类绿色的血液

牵着你的手

牵着你的手
牵着天空彩云
流淌山河

露珠吸吮云朵
水中打捞浑厚的诗歌
一山的鸟鸣翻卷天外
羽毛燃烧炽热的土地
奔流的云朵归于沉寂
一朵忧伤的云映昭
一只孤独的鸟
守望沧桑的人世

一年开一次花

花瓣飘落
薄薄的碎影细数脚步
风吹长发　花的面容
拨下深青的油菜籽

一年开一次花
万亩菜花压榨一生的激情
花一样辽阔的心跳
从大地上剥落
从花瓣上剥落

金黄的叶片

从荒烟中落下
金黄的叶片
从薄墨中凝成一首诗

辽阔的天空
云朵左右飘落
一片宽大的叶子
如画布卷起缤纷彩云
裸身行走苍茫的大地
天地万物
在生命的风景线中
雕刻流逝的岁月

低矮的姿势

低矮的姿势
拱破大地的腹部
种子从泥土中破壳而出
剪断脐带　诞生婴儿

山谷的清泉浇灌
万物生长　麦浪翻滚
辽阔的水域　袅袅炊烟
奔走落下
金戈铁马的血迹
大地流淌山风的血脉

心中的笑声

童声回荡
清晨小鸟的呼唤
青草的呼唤
取走妈妈眼中的一盏灯

喊一声妈妈
微笑回过头
一个灿烂的早晨
我听见童声里妈妈的呼唤
直到有一天
心中的笑声
取走了妈妈一生温暖

风吹落花瓣

风吹落花瓣
肉身抚摸一朵深情的花
雪花落在树枝上

怀乡的枝头落下
万物的白发
多少肉体跋涉尘世
化成灰烬
醒来的灵魂叩响诗歌
枝头燃烧
人世深深的爱

萤火虫

夜空下
一个小小的灯笼
飘荡无边的原野
草丛中一点一点飞行

一闪一灭的萤火虫
出游黑夜
一只小小的灯笼
提走黑夜的魂魄

从灶房到厅堂

披上黎明的外衣

母亲不声不响

从灶房到厅堂

五谷杂粮　粥飘香

清洗晨露

鲜亮的水果蔬菜

装满实诚的碗

365天编织生活的长街宴

母亲如一根针落在地上

飞针走线缝补每一天

不让一家人饥荒

指尖上的一粒米

如一滴血落在人世间

梦里梦外

溶化人间烟火

翅膀起飞　山海茫茫
圆的地球
诠释生物圈的秘密
脚尖转动地球
飞翔的翅膀悬空巨笔
抒写大地千万年瀑布

一滴水破译宇宙的密码
笔落人间　深不可测
神秘的羽毛著述天经仙典
针灸百会穴
一滴滴冰凉水
汇集液体的语言
溶化人间烟火

词语弹响指尖

词语弹响指尖
一滴水悬挂一寸之地
波浪翻滚奔涌

一滴血渗透窄小的心脏
心怀天下　滴水穿石
一滴浓缩的墨水
收藏苦短人生

柔软的元素

水墨流动空白处
柔软的元素开花
树叶赭红斑斓
水浸润发丝
根深深扎进泥土
轻柔的使命
承受人世间的磨难

一支笔
穿梭厚重的历史
孤独迷离的翅膀
剪辑秋天的树林
裁纸刀和画笔
把风景磨成纸浆
手如树皮流淌血液
画布上山林的影子
草木的香气弥漫

筋脉生根

渗透根部　筋脉生根
坚硬的翅膀划过千山万水

掠过高原
一只鹰在雪地上写生
锋利的爪子泼洒一生的墨
饥饿中寻找生物链
鹰眼的神光释放铁质光芒
一只鹰悬空翅膀撑开天空

抽出心里的芽

笔尖划开一道黑夜的门
无数星星凿出一片生机

笔芯刺破一颗种子
一条窄小的通道灌满墨汁
三言两语拓宽大地
裂开的伤口填充一粒粒脱落的种子
阳光中隐身起舞
抽出心里的芽　抽打一首诗落下的文字
一片绿叶遮盖一生的伤痛

一首诗穿过一根艾草

一首诗穿过一根艾草

一个粽子祭奠一个诗人

天空舞台涌动一行行诗歌

《离骚》《天问》……涌进汨罗江水

大地草木吟唱传颂

岁月流逝

逝者如斯与日月共存

汨罗江水穿过屈原的目光

一身的正气殉葬江水

流淌千万年的诗魂

拉开身体的筋骨

切断脐带
手指伸进宫腔
母亲全身的力气剥离胎盘
婴儿的啼哭声
撕裂大地疼痛
汗水和鲜血中婴儿诞生

一个鲜活的生命
从一双手传到另一双手
乳汁浇灌养育之恩
大地生长百味之花
拉开身体的筋骨
成长足迹中
写尽一个母亲
一生一世的沧桑

水墨勾画山影

1.

水墨勾画山影
笔尖破土而出
穿越历史的尘埃
复活的树木
刻下永恒的话题

万物生长　树林野草
悬挂心上的笔
墨水吸干沧桑的人世间
一棵树支撑一个世界

2.

风中传来针叶林的问候
笔墨渲染纤细的声音

蘑菇的伞撑开雨后的大地

斑驳的树影
干枯　腐烂
无数次在体内化作烟火
灰烬复燃滚动

睫毛缀满露珠

睫毛缀满水珠
花朵灼痛肌肤
瞳孔中绽放新的光芒

鸟鸣山水　群山起伏
千万朵花转换名词动词
过滤新鲜的空气
岩石的血脉　碾压大地的岩浆
水墨花影渐淡渐浓
手指种植生命的奇迹
飞翔的翅膀滑动

拉紧风的手

降落而起的姿势
驻扎山岗河流
翅膀掠过大地的一草一木
拉紧风的手搭建白云的房

触摸天空大地
触摸每一片瓦
满山遍野的野花
没有渲染
历经风沙的树
笼罩野蛮与文明
明亮的眼睛装下
整个天空大地

随长发飘流

羽毛铺开地图
编织窸窣的魔幻声
翻开辞典　灵魂出窍
山谷的风声　石缝的野草
随长发飘流

划开人间的烟火
翅膀拍打岩石
穿越峡谷
飘落的羽毛编织一生

拉直波浪的长发
无数支流的魂魄流淌水中
一根羽毛抒写
人世间的悲欢离合

一双草鞋走过山河

抖落青草
露珠吮吸大地的清凉
一双手编织一双草鞋

油灯下的枯草
擦破黑夜
眼里的一滴水传送温暖
亲近大地和泥土
一双草鞋走过江山
赤裸的双脚踏响战火马蹄

岁月流逝
一滴水清澈如太阳
手上游走的阳光
留下最后的一双草鞋
编织在长征的道路上

一滴墨水洇开

白纸黑字
一滴墨水洇开
一个小小的心脏搏击长空
一滴水收纳大海的波涛

笔尖晃动　词曲流淌
掏空的身体
填写一生
击碎的石头
露出黝黑的寂静
人生如一张白纸
写满惊涛骇浪

碾压浓烈的绿

身体的磨盘
碾压时光的粉末
锁骨深处
荷花随风飘荡
弯下优美的身姿
碾压浓烈的绿

饥渴的夏蛙声畅响于荷塘
露珠滑过优美的曲颈
荷花绽放
根的石磨缓缓转动
哽咽的喉咙中压碎
被舌尖品尝的藕粉

石头取火

一闪而过
方寸之地聚集
划开头顶的花苞
一根火柴燃烧三千里田野
优雅的身姿在火焰中舞蹈
带给人间光明和温暖

一根根如草民一闪而过
方寸之间划过短暂的一生
一群火柴引爆一个世界
石头取火历史悠久
抱团取暖燃烧漫长的冬夜

白云走我也走

白云走我也走
一场旅行为我接风洗尘
驻足大地的版图
群山起身　流水浩荡
简单的航线
缠绕山水的丰饶

飘落的云朵是故乡的亲人
飘到哪里哪里就安家
一个帐篷支撑一个世界
云的脚步折叠一个人
一生孤独的旅行

千万年所行所思

仰望天空
云的笑容取出花朵
神秘的云图是神居所
风雨独行
接受高不可测的天命
风声、鸟语、波浪
阅尽人世

硕大的云以天地为舞台
卷走人间的悲欢
千万年所行所思
在风云变化中循环
天地馈赠　归去来兮
落地的笔尖笑傲山河
抒写狂风暴雨后
一朵云深处幽静的歌曲……

石头涌出清泉

石头清泉
注入溪流的词语
切开石头
一股清泉如翡翠流淌

云朵卷入河流
观花问神　敬畏草木
原始森林的茂盛
传出林中深处的伐木声
一片森林一块石头的神秘
记录一个血脉相通的灵魂
敲打岩石　剥离肉身
心的魂魄倒下罪恶之躯

青枝绿叶叩首亲人

推不动的一扇门里
住着我的亲人
门外长满野草
杨柳新枝飘动天空
裁剪疯长的野草
青枝绿叶叩首亲人

叩首声越来越重
敲响这一扇门
声音穿透大地
传递亲人的哀思
沉重的声音一拜再拜
带着亲人的寄托
推开这扇沉重的门

随风起舞

随风起舞

阳光中隐身　花蕊中酿蜜

小小的翅膀直刺花心

一生最大的伤痛

摇落花瓣

蜜蜂的剑射入一首诗中

偏旁部首蕴藏一个个汉字

蜜剑出鞘播下种子

一粒粒汉字

在大地上开花结果

一盏油灯穿过风雪

文火熬制世界的词语
身体驱动语言的快慢
小小的火焰
炖煮天下最硬的骨头

一盏油灯穿过风雪
游丝一样的魂魄飘动
一朵来自人体细胞的火焰
熬尽人世间最后一滴油
点燃扎心的词语
文火炖煮一生情缘
熬炼一世的诗魂

一根针顶开生活

一根针顶开生活
额头上的时间长成皱纹
黑夜的眼睛密织油灯

娘胎里发育
一根针刺破盲点
针扎进手指
穿破心尖
穿过五脏六腑
针孔拉紧肉身历经的疼痛
坠落博大的母爱

交换金针
一个眼神托付终身
致敬一生缝补的伤痛
女儿在寂静森林中
寻找松树一样的坚硬针

阳光梳理枝条

张开花瓣一样的嘴唇
一群欢笑的孩子
阳光中梳理枝条
絮状的云朵飘落

收藏神秘的词语
盘点一个世界
生活的点点滴滴
开满人间

一朵朵忧郁的花
扎紧生活的伴手礼
诗歌抵达大地
天空下一群孩子在欢笑

天空之蓝

阳光照耀
天空之蓝赋予万物
云朵变化
苍茫的大地群山环抱

每一寸时光蜿蜒起伏
跌宕的音符齐声合唱
千尺瀑布飞流而下
细密的水滴落

高原的天空
光和声充盈江河
一条河流穿过山的腹地
沿岸奔跑的力量
勒紧大地跳动的心脏

鹰的翅膀

穿过云层
有力的翅膀
划开波浪
腾云驾雾
弯曲生命的图腾
岩石中新鲜的血液
绽放花朵

风暴中一根根羽毛飘落
渗透铁的味道
折断的翅膀如弓箭离弦
穿过锁骨　沙石弥漫
凝固成山鹰的化石

音　频

羽毛落下
一首诗诞生于天空飞翔的鸟
一双翅膀张开人间美好
身体中孕育的词语
露出笑容
鸣叫声中寻觅
一座山脉的神奇

笔尖伸入羽毛
心中流畅的文字
画出林中一群飞翔的鸟

一片闪光的羽毛
在汉语的音韵中飘落
覆盖一座高山一片森林

辽阔的天空飞翔的鸟
书写大地的音频

羽毛划开田野

一群白鹭飞过西南边陲

守望辽阔的大地

羽毛划开田野

身体上的云朵卷起

厚重的泥土

留下灰烬的味道

一只白鹭

盘桓一片森林

荒野中遗失

嘶哑的叫声诠释生命

荒野深处孤独飞翔

眼中留下

迷途的痕迹和命运

梳头的女诗人

迎着风　梳理长发
前额整齐的刘海藏着童年
撩起耳后的头发
遮盖童稚的天真

拉开水帘窗帷
长发盘旋我的天空
高山流水起伏梦中
梳头的女诗人
梳理思想的根
生命的风景线中
解开头发辫子盘结的痛

灵魂摆渡

伸出双手
收回移动的心
脚跟走过人间
抛撒无数种子

眼中落下的韵律
穿过寒冷的冬天
收拢清澈的曲子
灵魂摆渡人世间

像野草一样活着

喧嚣的矿山
穿梭在时空的隧道
谁黑亮的眼睛
熔化一堆煤
眼泪和煤矿一起搅拌
像野草一样活着

掀开古老的矿区
刀刻进生命的骨髓
铁轨延伸拉直
掩埋岁月的荒烟野草

米　轨

空旷的眼瞳
延伸米轨
法式的小火车穿行
一行行诗句写下
碧色寨的历史

圣洁的眼睛穿过
云南高原的天空
采摘金色的向日葵
奔驰远方
空荡荡的火车
只留下哽咽的汽笛声和
碧色寨昔日的烟火

鸟鸣凿开故乡

1.

山茶花开满山坡
那是春天
梦里的月亮圆了
那是故乡

鸟鸣凿开故乡
一个人活着
艰难的一生在路上

2.

推开窗一两声鸟鸣
摆渡一个春天

素描中漫步的女诗人

画笔如刀刻画山水
一个云南的写真集
装满山的灵秀　水的史诗
春天鸟鸣声声
唤醒沉睡的人世间

给母亲一个春天

给母亲一个春天
大地的子宫埋着一堆骨血
春夏秋冬古老循环
冬天雪花飘落冻僵的身体
一堆柴火把自己的骨灰埋在人间

一个温暖的春天
弯腰的树枝上母亲挺直脊梁
一滴滴乳汁孕育含苞的花朵
一代一代的轮回
给我们子宫　给我们乳房
让我们享用一生

博爱和苦乐中煎熬
艰辛的汗水和泪水
在渐渐缩小的子宫和乳房中
把我们养大成人
在白发和苍老的皱纹中
年轻的我们是您的化身

缠绕梦里梦外

云朵张开翅膀
飘过山岗河流
冬天的梦醒来深陷其中

推开鸟语花香的窗
蝴蝶的翅膀
缠绕梦里梦外

春夏秋冬　年复一年
时间堆起日积月累的生活
云朵的轻　剪开喘不过气的春风
翅膀的重量　透支生命
一个梦在春天绽放
一个梦植入冬天的故乡

彩云之根

血脉深处大地轰鸣

乌蒙山

峰峦叠翠　矗立海拔

时间转动棋盘

沟壑纵横瀑布奔腾

迎接身体的挑战

山谷幽深　一揽星辰

溪水流淌　抱月而归

白鹭苍凉的喉咙融化冰块

浑圆的叫声逶迤

血色的翅膀撑开阳光

飞过山间　飞过树林

光影掠过

血脉深处大地轰鸣

鸟鸣凿穿人间

羽毛如花划开水波

鸟群荡漾

群山云雾缭绕

翠绿的鸟鸣

沿东去的流水

衔来人间烟火

飞过山川、田野、河流

山间小路迈不动步子

挤满鸟鸣声

承受生活重量的脚步

鸟鸣声凿穿人间

声音凿穿春夏秋冬

翅膀的音频

鸟鸣剪辑树枝的高度
抖动翅膀　数次查看
透亮的绿色荡漾水面
频频招手
柳条捕获春天的第一朵花

深浅不一的绿草
摇曳鸟的翅膀
钻出水面　流光飞舞
一树光影在春风中飞翔
翅膀的音频高于天空

孔雀石

石头开花
传来孔雀的叫声
西双版纳和瑞丽盛产玉石
一颗孔雀石传来
孔雀的叫声
加工成孔雀的玉石挂在胸前

可谁知道一只孔雀
千万年演变孵化的苦痛
石头一样坚硬的骨头
穿过孔雀的胸腔
一台机器锻打嘶鸣

千万只精灵头举花冠
缓缓开屏
一次一次痛苦的叫声中
孵化出千万颗孔雀的玉石

孔雀的羽毛

空无一人
林中落下一束束阳光
舔舐金黄的树叶

空地上一只孔雀开屏
抖动羽毛
阳光落在空地上

一伸手
飘落的叶片在
孔雀的羽毛上开放

绣出一个个花腰傣

波光粼粼
一束束光折射
串通一个又一个葫芦丝
葫芦声声汇入辽阔的澜沧江
一个柔软的西双版纳
浸泡葫芦丝中

一根根透明的丝线
绣出一个个花腰傣
踏响象脚鼓的舞蹈
一个葫芦丝吹奏辽阔的澜沧江
一曲流动音乐奔涌江河
波光浪影中
吹响一个民族的世界

一根草染红七彩云南

村民用多彩的草木扎染生活
一根草染红七彩云南
一根草扎紧头巾
鲜艳花朵飘过

一根根草扎在身体上
跳跃民族的大花衣
活在土地上
血脉中生长五颜六色的植物

悠悠河水清洗扎染的颜色
蔓过石板上的青苔爬满双手
染绿了古老而沧桑的岁月

彩云的根在高山的梦里

云朵如花　浸泡在水里
缠绕双脚的丝带
血一样艳丽　没有语言
彩云的根在高山的梦里
一生的轨迹
沿高山峡谷河水流淌

无声的语言与眼睛对话
风中飘逝的白纱巾与爱情对话
活的灵魂与生命对话

四季风雨中
坚硬的脊梁与魔幻的云
在柔软的水中
诞生新的生命

双眼和一朵彩云碰撞

拉开窗帘
双眼和一朵彩云碰撞

天空的蓝　大海的蓝
在身体澎湃
白云如波浪奔腾

火红的烈焰
喷薄的岩浆
碾压沉寂的生命
水天交融
奔跑广袤的大地

拉开天地间的帷幕
一只孔雀
悄悄地卷起白云
飞过彩云之南

经火洗礼的每一片瓦

不轻不薄
阳光中熠熠发光
瓦盖住一个屋顶一个世界
厚重的土地　朴素的村庄
散发坚硬的釉质

经火洗礼的每一片瓦
膜拜泥土炉灶的神秘
每一片瓦纹丝不动
盖住一个家的世界
沉着冷静的内心
默默承受着狂风暴雨的来临

守望一生

一束光如神的孩子
鸟飞过天空
鸟鸣缀满枝头
羽毛剪开春天
细品初春嫣红柳绿

阳光下神的孩子
眷顾人世
打点素裹秋霜
果实缀满枝头
尘世间最耀眼的一枚
独守一生迟暮的黄昏

阳光折射透明的水

阳光折射透明的水
一滴一滴的液体流动全身

融入阳光和空气
一个身体的宇宙世界
感应触摸如山的灵魂
生活碎片堆积如山
挟持人世

一束光搅拌生活的液体
一粒粒药丸缓解身体的疼痛
吸收光和热支撑
病来如山倒病去如抽丝的生命

寄宿云南的山水

鸟侧身飞过天空

江水流淌

落日疲惫的光散落森林

千里之外

森林中搭建一个木屋

寄宿云南的山水

南山下种豆、种菜

东山上听鸟语

红嘴蓝鹊、翠鸟飞过森林

翻读《诗经》《论语》

记录森林中的聊斋

收拢山水的每一寸阳光

寂静的水流淌缩小的人生

用水做墨抒写人世间

奔波的苦痛

一朵干净的云

1.

卷起云朵

翻动书页上的语言

生命的线缠绕云风筝

飘过高山　　湖泊

风吹散飘浮的彩云

荷塘飘落云的碎片

中通外直云朵如花

一朵干净的云

飘落内心的苍茫

2.

柔软的光散落

浩瀚苍穹

腹中流动万千思绪
晾晒美好和忧伤

阴晴圆缺
一把镰刀
割断所有缠绵
一颗空洞的心
在辽阔旷野中融化
包裹柔软的语言
透支自由的光

雕　塑

泥土堆积一个个雕塑
一尊尊神态各异的石头
雕刻有血有肉的一生
喜悦、梦幻堆积骨头和脂肪
包裹细胞和血液

双手凿开生活的喜怒哀乐
一锤一锤敲打
耗尽生命的每一天
秋风吹过
坚硬的骨头如石
雕琢走过人间尘世的一生

弹丸之地

筋骨相连
一个小村庄
一块弹丸之地
森林树木间有一条小路
一条河流驻守茅屋
山村一个个孩子
在土豆中滚动长大

高原的太阳落下
高山之巅
时光穿过
秋风所破的茅屋
一个个土豆
从肉里长出了壮芽

那是土豆的种子
从茅屋爬出

露出土豆的脸
黑亮的眼睛闪烁
种植土豆的魂

高原红

山脉引领小路
牛羊喊出乳名
奔跑在高山草丛中

红土高原的太阳
穿透亿万年沉默的山
山坡上的格桑花
晃动紫外线的光

高原红如胎记
烙在荒凉的峡谷中
旷野中奔跑的孩子
在盛开的格桑花中
笑开脸上的高原红

石头冻红的脸

高原的山村如句号
在地球上转动
风压低翅膀
躲进命运的一角
背负天空的彩云
雄鹰卷起风暴
画出高原大地

山野石头冻红的脸
如一个个孩子
散落在红土高原
荒芜的旷野中
地球转动的脐带
脱胎换骨分娩出
人类命运的生活

离云朵最近的地方

离云朵最近的地方
是神仙居住的地方

一朵云下有一所小学
石头当课桌　树枝做铅笔
孩子们在云中
画一片天空一片森林
一所学校……

石头上朗朗的读书声
翻过乡村教师的心坎
翻过一座座高山
月亮落在石头房上
照亮桌子上的作业

草木点燃乡村教师的青春
一撇一捺划过春夏秋冬

雕刻石头上的一群孩子
一生如落叶
在石头上燃烧化为灰烬

亲情无价

父亲双脚丈量一生

这是小时候的记忆
长大的我们没忘记物质匮乏的年代
1961年父母从昆明调到
云南曲靖会泽铅锌矿支援矿山建设
至今上市的驰宏公司

父母携带爷爷奶奶全家到了矿山
三代人一起生活家庭十分困难
难以支撑五个孩子的成长
父母省吃俭用　节衣缩食
快过春节了
定量供应的一斤肉炸成酥肉
锁在米柜里等春节全家吃
而被四弟一天悄悄拿一点
一个人吃光
狠挨了一顿打

自从我们懂事以后
父亲从垃圾桶里捡来
一双别人扔下的皮鞋
用灵巧的手把大人的皮鞋
改成小孩的皮鞋穿在我们的脚上
邻居纷纷羡慕这一双双皮鞋
以为是省城买来的

一年又一年　一双又一双皮鞋
在他灵巧的手上和孩子们的脚上
伴随着五个孩子长大成人
父亲用一双手一双脚丈量生活和世界
给予我们浩荡的养育之恩……

找不到回家的路

一滴水融化一个苦字
一滴泪落下一个痛字
一双手刻下一个勤字

母亲一生辛劳
清洗黄连熬制的苦
爱家爱孩子爱每一个人
起早贪黑从没爱过自己
虚弱的身体担起生活中的痛

谁也没想到
80多岁母亲颈椎骨头变形
压迫脑神经
远和近的记忆模糊
叫不出儿女的名字
找不到回家的路……

膏药一样的身体

人活到一定的年龄
不是这儿疼就是那儿痛
母亲80多岁了
变形的颈椎、骨关节
贴满膏药
以缓解一生的疼痛
365天的膏药如补丁
循环身体每一天每一夜
冰凉的骨头变暖

更换老旧的膏药
画出红色记号
渗透皮下的药　治标不治本
难以治疗一生辛劳落下的病根
疼痛骨头变化难忍痕迹
打上新的补丁
每天更换膏药一样的身体

用布帘子隔层房间

一间十多平方米的房子住着三代人
父母调到矿山单位分了一间房子
名叫华侨宿舍
有北京、上海、广州等五湖四海的人
这里俗称"小香港"……

三代人就挤在十多平方米的房子里
用布帘子隔成房间
直到我们上初中才分到大一点的房子

一间房子缩影了
一代又一代人的生活
及父母一生艰难的岁月
直到爸爸离休后
住到了分配在昆明的房子……

酱油拌饭

小时候我们吃酱油拌饭已经很幸福了
父母参加矿山索道建设回不来
我和姐姐用扁担挑着
沉重的贵阳炉生火煮饭
一根一根柴放进火炉
烟熏火燎　呛咳的眼泪中
煮了一锅夹生饭
五个弟妹倒点酱油拌着就吃

晚上弟弟从自家鸡窝里捡了一个蛋
姐弟高兴得跳起来
当时能吃到鸡蛋饭
就像过年一样

怕饥怕寒的五个弟妹
用快乐的童年熬煮一锅粥
每天的酱油拌饭和咸菜
伴随我们长大……

收音机

上世纪60年代我们家没有收音机

邻居播放时我们打开门窗

让声音从门窗缝里传来

五个孩子竖起耳朵听广播

断断续续听到只言片语

邻居见我们听得入迷

有时把我们叫过去听

逗我们说里边有一个小人讲话

半信半疑我们仔细看

只见一个红灯在闪

后来才知道

这是无线电波的作用

满足的我们

多么希望自己家有一台收音机

一个朋友给了一台旧的收音机

父亲用电烙铁焊锡把线路修好

打开收音机
小喇叭广播现在开始的故事
拨动我们内心最纯真的弦
伴随我们童年的成长……

自从有了收音机
每天放学回家
边做作业边听孙敬修爷爷的故事……

每天中午听小说联播、歌曲
跟着收音机朗读、歌唱
小喇叭声伴随少年、青年成长
激发我们对文学艺术诗歌的热爱追求
我在学校读书写诗朗诵中获奖……

那遥远而又熟悉的小喇叭声
如星星的火炬
是那么亲切
影响了几代人的成长……

有一种痛燃烧骨血

有一种痛燃烧骨血——
父亲节
去看望90多岁的父亲、80多岁的母亲
母亲见面就问我
你的父母身体还好吗?
已记不清我是她的女儿

一种灼热的痛直刺心尖
安详的皱纹花白的头发
在眼角的笑纹中叫出了我的小名

清晰模糊的脑电波
穿透人世间的悲凉
一种血源之爱的痛
如鲜血流淌母亲辛劳一生

神性词根

山的脊梁

坐在你的肩上
长发被风吹散
一颗怀乡的心
山石一样跪在雨水中

山的脊梁盘旋
两支动脉和静脉
博动心脏
静静地听
灵魂渗透山的声音

刨开山石
流动的血液
从陡峭的悬崖
无边的旷野
流淌森林滋养大地

虎跳峡

滇西的白云在指尖上跳动
浪花滚滚　咆哮如雷
翻过虎跳峡
山崩地裂的豁口
一块巨石悬吊空中
长长的藤蔓随风摇曳

野性的瀑布垂直而下
敲打高山峡谷
拉开皱褶的波纹
岩石挂满考古的皮毛

蓝天白云下的滇西
虎跳峡的怒吼声
回荡一座座高山峡谷
赶着江水　挽着云朵
羊群调头　牧云西去
江水缓缓流淌

骆驼背

滇东北一座山峰
背着白云前行
大大小小的石头
堆成一座座山

一块巨大的丑石
千年岩浆冲刷
奔腾不息的江水
切割时间的碎片

背着青山　驻守白云
辽阔的云朵下
潮汐澎湃
收拢山的回声
一匹匹骆驼走过千山万水
一座山峰对天地的敬意
风化一座神山一个骆驼背

鹰翅划破指尖

扒开高山河流
鹰翅划破指尖
执念风的旋律

一只雄鹰
索引高山峡谷
鹰眼扑打山的深处
喉咙吞咽一只猎物一座火山
鹏翔万里坚硬的翅膀
敞开一个新的世界

石头的春夏秋冬

奇形怪状的石头
熬过地狱漫长的黑夜
一些醉生梦死的词语复活
无声的世界里铭刻
世界上最伟大的事物

刀光剑影
神一样的光芒照耀
鲜活的生命
在一块石头上完成
未知的路上时光不倒
有谁知道
石头的春夏秋冬

人世间低处的修行

崇山峻岭　沟壑山涧
深山、茅屋、树上的巢穴
云雾堆积如山
落满霜花的脚印如叶片飘落
翻山越岭　盘溪山谷

南山的秋色木鱼声声
一声一声收紧整个秋天
把词语放在云雾山中
滴水成河　凿开灵魂
一朵莲花飘荡山谷

风舔舐时间的伤口
匍匐大地
人世间低处的修行
在莲花中盛开

光如手指插进土地

阳光在山坡上散步
光如手指插进土地

丰富的语言
翻过山峦湖泊
抛洒田野大地
无数的森林树木
无数的山岗河流穿越
绿了、黄了、红了的身体
晃动熟透的果实

剥开炸裂的泥土
地下的根深埋苦痛
一寸光孕育一个个果实
一颗心装满一滴滴泪水
行驶广袤的大地

泥土中的词根

词语一片片飘落

撞击千年古树

泥土中诞生的词根散落

生死轮回

深部的根绕开死亡

一个祷词　一种姿态

一滴雨露　滴落瓦砾

锈迹的斑影

融进最深的根部

雪花融化大地

2.

一朵花一个世界

一双翅膀

深扎草木的根

层层落叶覆盖大地

身披朝阳
收拢目光
放大喜悦和忧伤
有谁知道
一朵花一双翅膀
离开骨肉凋零死亡悲痛

骨节摩擦声

秋天落下的枝叶
有骨节的磨擦声
踩在松软的落叶上
听见泥土的呼喊

时光和季节转换
长发飘飘的落叶
覆盖大地的边缘
雪花融化泥土灰烬
辽阔的旷野
涌动一生的诗歌
容纳一世的枯荣

骨缝中的诗

一朵朵一簇簇
飘落山野
石头敲打石头
齐声合唱

一个山里的乐队
摇晃风的手臂弹奏
单薄的风衣笼罩薄雪
站在秋冬的门槛上
一片一片雪花飘飞
渗透骨缝中的诗

锤炼一颗安静的心

白云轻如羽毛
飘向天空
翅膀浮出水面
卷起厚重的彩云

雪花飘飞的冬天
冰浮出水面
锤炼一颗安静的心
默默品尝盐的颗粒
白色沁人心脾
溶解生命与死亡

炊　烟

原始古村落升起炊烟
一缕炊烟飘向天空
把云雾种在太阳里
阳光种在瓦檐下
一颗颗青菜萝卜煮熟一生

把月亮种在桂树上
银河中山风低垂
瀑布奔流
地球上的古村落
炊烟弥漫渐行渐远
浓缩一生软化的泪水

移动的影子

站在青色的深处
一只鸟飞过
移动的影子
掠过暧昧的阳光

长长的影子吊在天空下
一滴雨的苍凉
软化了时间
缠绕入骨的丝线
贯穿一滴滴血
唯有啼叫的鸟鸣
浸透池塘中的荷叶

风穿过掌心

风穿过掌心
叶片喊痛整个秋天
一叶一叶凋零腐烂
沉重的躯壳
孤独地从风中走过

一根脊梁支撑风雪
浴火重生化为灰烬
打捞泥土的深渊
肉身和灵魂演绎
一场千古的爱

受孕的翅膀

1.

翅膀压缩母语
雪花纷纷扬扬
呼吸中的碎片或花粉
飘落空气中

上升和下沉身体
震动的受孕的翅膀
急促的呼吸中
花粉以永恒的方式
融化沉重的母语
剥开躯壳
一个干净的肉身
弥漫夜色

2.

隐形在空中
隐形在大地
蹚过脚踝的流水放牧山河
一朝朝一代代
守望江山

天空下
草木朝圣
秋叶如羽敲打抖动
风抽干体内的骨髓
浩荡地从天空飘落
吞咽大地的空寂

波　浪

波浪荡漾　琴声辽阔
一朵波浪潜入海里
一支安魂曲
涌动不息的暗流

每一滴水
跳动每一个音符
烛光点亮燃烧的火焰
掀开巨浪的琴声
收拢翻滚的波涛
弹奏一浪高过一浪的旋律

吟　唱

林中的鸟压低声音
吮吸清晨的露珠
落在空中的词语闪烁

一声鸟鸣一道霞光
空旷的原野唤醒坚韧的生命
一株株野草风吹雨打
赋予柔软的筋骨

天空飞翔的鸟
心生辽阔之情
在灌满风声的喉咙中
吟唱一首诗和一个世界

长满青苔的岁月

1.

眼里的云朵湿润
海水与音乐拍打礁石
卷起浪花
云朵湿润了时间

风吹浪打
眼里的泪水长满青苔
浸泡一个青铜的时代
点缀江山

2.

用力抒写一张白纸
身体里冒出汩汩清泉
胸腔里的血液浓缩

汗水和泪水滴落

山坳里的村庄弥漫炊烟
沉寂的荒原燃烧火焰
苍茫的大地泪流满面
简陋的土围中传来
母亲声声的疼痛
一个婴儿诞生大地

单薄的生命

母亲从一块块地里
刨出一个个滚动的洋芋
集结在古老的屋檐下
奔跑的孩子啃着半生洋芋
咔嚓声在火塘中燃烧
一日三餐延续
祖祖辈辈生命的香火

早中晚一簸箕
烧柴做饭围着火塘
一个母亲剥开熏黑的烟火
喂养哺乳的孩子
一个母亲满头白发
山坡上推一车喘气的洋芋

春夏秋冬
一声声喊痛岁月
一寸寸喊痛土地
单薄的生命埋在红土高原上

叶脉间的快乐

睁开双眼
世界无数的惊喜挂满枝头
藏在叶脉间的快乐簇拥

树枝收敛飘落的羽毛
一朵白云带走飘逝的影子
风卷走千古情愁
时间把一切拒之门外
夕阳中一片回不去的落叶
孤独地从风中走过

鸟齐声合唱

鸟齐声合唱
词语把我们带上天空
伤痛和叹息声中
重新命名山川河流

原始森林中用文字探索
幽深的峡谷和生物圈的秘密
一个个物种濒临灭绝
绵延的山脉哭泣
带走沉重的脚步

一剑穿透

蜜蜂采花　一剑刺入
花骨朵保留少女的呼吸
纯静的香气弥漫

藏入花苞的蜜
如诗在胸中流淌
一朵纯情的花
一朵伤痛的花
消失在一剑穿透的夜色里

我在春风中等你

一条辽阔的水域穿过高原
赤裸的双脚走过大地
满山遍野的花丛中
蜜蜂拉响嗡嗡的风琴
翻过山的脊梁

我在春风中等你
我在油菜花中滚动
赤裸的身体绽放一树桃花

高原的天空下
白云的深处
一浪高过一浪的波涛
奔涌大地
酿造为你而生
为你而死的河流

我是你白头的新娘

芦苇在风中翻滚荡漾
青枝绿叶缀满白絮
风中我是你朴素的新娘
随风飘动

根深蒂固
弯腰的身体寻找飘落的羽毛
灵魂的深渊命运跌荡
我是你白头的新娘
流逝岁月的水中
吟唱唐诗宋词的惆怅

太阳抛洒大海

升起的太阳抛洒大海
母亲金色发丝垂爱大地
金色的手指穿梭阳光中
光线转动金色的语言

赶海的人群四面涌向大海
阳光海岸沙滩
人头攒动　波涛起伏
一浪高过一浪
光影交错金黄的旋律
一半深蓝　一半银白

日落中母亲赶着海水
站在神秘的土地上
脱去羞涩的外衣
揭开隐秘的面纱
与日夜同辉

舞　动

修一身书卷气息
舞动天地
一层层简笔的风景
苍翠挺拔

剥开筋骨
一个倔强的灵魂
热烈狂野
炙烤滚烫的生命
拧紧内心深处的孤独
奔跑在风雨中
演绎精彩的人生

蓝眼泪

一条江水九曲回肠
顺沟壑渗透岩石缝
江水悠悠岁月不同
高山峡谷奔腾不息

一条江水千里迢迢
天地万物流淌不同季节
一条江裏挟泥沙奔流大海
挣扎无边的苦海中
吞下大海的沉默
清澈的回望中
流淌一滴蓝眼泪

今夜我为谁而来

星湖的水一脉相传
那是我前世的水
刨开大地的根
疼痛的骨头枝叶繁茂
今夜我为谁而来

野草左右摇摆
一朵朵白云飘过山底
孤独的灵魂缠绕今生来世
生命充斥惊心动魄的一生
回眸的眼神里
一汪清泉留下了
不舍与孤独

我的芦苇　我的天空

风贯穿一生
我的芦苇　我的天空
脉络的思绪飘荡
身体的尺度丈量世间
风的翅膀盘旋
时间的刻度
支撑身体的腹地

长发飞舞
一群白鹭飞翔
生命的根荡漾天空
空旷寂寥的水面波浪翻滚
一身洁白舞动青纱

暮光中沉沦

暮光中沉沦
一只白鹭孤独自由
沿山河陆地远行

浪尖上的翅膀
游离世间的繁杂
深邃的眼中
暗红的波浪
冲刷风暴中的浮沉
天空大地　生物海洋
激活身体中的语言
唤醒生命中的诗歌

涛　声

乌云翻滚
海浪拍击辽阔的海面
翻滚的波涛
沉入深海的漩涡

卷起激情的浪花
生命腾空而起
波浪挤压澎湃的大海
闪电、雷鸣、呐喊
穿越时空
拍打千年的历史的涛声

诞　生

原始森林中
一个婴儿诞生洞穿血液的深渊
大海融化飘落的羽毛

阳光下柔软的水
穿过落地的凡胎
天空大地、山岗河流
清洗日月的疼痛

新生命唤醒炫目的大海
双手举起脚下的落日
天空沉重的脚步声
容纳着这个世界
生命和肉体的灵魂

一把油纸伞

一把油纸伞遮住太息的目光
一个丁香一样的姑娘走出
诗人戴望舒的《雨巷》
风姿绰约　一把油纸伞
吸引了几代人的目光

回眸雨中
薄翼之声的油纸伞
遮住一个丁香的世界
幽深的雨巷
回望一个诗人
寂寥的风雨人生

俯视人间

风吹散乌云
彩云如丝绸飘荡
露珠滴落摇曳的身姿
滴水观音手持莲花
收拢人间的鸟鸣声
抛洒辽阔的水面

长久凝望厚重的云
黑色眼眸洞穿天地
泪水清洗喧嚣的尘世
俯视人间　默默化解
人生苦难和不变的沧桑

裸奔的露珠

露珠压低了草叶
打磨一个圆词语
细如针尖草穿过
草木之心

白霜汲取身子骨的血液
秋风中骨肉分离
裸奔的泪珠冰冻成河
融化一个秋影一弯残月

鸟　王

金殿后山原始森林
有一个鸟塘
塘主每天把红柿子、葡萄、虫子放进鸟巢
学林中的各种鸟叫声……

森林中飞来一群美丽的红嘴蓝鹊、绣眼、太阳
鸟……
塘主热爱这些珍稀的精灵
天天投放虫子、红柿子、葡萄喂养
人鸟亲密接触　他变成了鸟王
飞过天空飞进森林

一群珍稀野生鸟在树上鸣叫欢唱
引来了全国摄影爱好者
阳光中各种鸟飞翔的姿势
聚焦摄影家的眼中……

一个鸟王　一棵老树
抱紧四季的风霜
春夏秋冬
鸟王鸣叫声飞过山川飞进森林

蚯 蚓

柔软的身体穿过土地
蚯蚓盘旋
笔尖挖掘泥土
以小博大　精雕细琢

向着深渊无声穿越
黑夜中的灵魂是一首诗
墨迹的语言爬行人类的大地

送别的路上

笔挥墨汁
宽大的衣袖抛洒
荷叶上晶莹的露珠

一张宣纸折叠
诗人远去的身影
湖水穿过眼睛
送别的路上
沁透黑色的墨迹
赤诚的心缠绕
手中断开的丝线
串起莲藕的根

交替的线条

笔墨深陷
字画繁衍开花
穿透岩石
石头上的字微笑

白天鹅列队　羽毛坠落湖水
曲颈天歌　红掌清波
画出字的间架结构
笔顺音调　色彩气味
弥漫画布的剪影
血液中的字画
磨洗细密的石纹
日夜交替的线条
在草木中打磨金石

森林飘来木浆味

森林飘来木浆味
飘落的叶片
在时间中旋转
风吹开书本
叶片上的一首诗
存放于秋天

写诗的人爬行在树叶中
蜗牛背着沉重的生活前行
连接生命的曲线
一支笔穿过森林大地
一个神秘的世界
掀开高原的天空

脱下美丽的外衣

脱下美丽的外衣
一只孤独的鸟
散发身体的温热
拨开疼痛的羽毛
抖动整个彩衣
编织七彩的云

残忍的风吹散
柔软的羽毛
鸟剥开流泪的心

白色的精灵

白色的精灵飘落游离
踩出自己的路

温柔的新娘
从云彩花丛中降落
裹着丝绸的苦涩忧伤
如水中鳗鱼
从眼中隐形消逝

音乐在森林中响起
百鸟歌唱
精灵穿梭时空
炸裂的葡萄融化甜蜜
顿悟人世的真谛

芦花飘荡

芦苇飘扬　　芦花雪白
空气中养分弥漫
每一颗神秘的生物
摇摆头颅上的诗句
细数流水的时光
弹奏相思的河流

撕碎白云的翅膀
风解剖飞鸟的痕迹
光影的缝隙中
芦花飘荡
柔软的魂魄托起
空中的一行行诗
荡漾秋天

烟火飘逝

烟火飘逝
朝阳和落日收藏
万物的影子

背着月亮回家
影子转动山川河流
抵达天地　细水长流
脱下蝉翼
告别世上飘动的影子

一块厚重的石坠落
月亮的影子
浸泡人间烟火
拖着人世间的疼痛
奔赴刀山火海的世界

远行归来的梦

远行归来的梦
在虚无的空间
取回心爱之物
轻轻放下此生

时间距离
止痛于流水的速度
拉长梦的深度
树叶的绿　大海的蓝
安放长存的友谊和情爱
随风而逝的悲欢离合
归还人世间

闺蜜丝语

孤独而自由

孤独而自由
是海男给我诗歌的命题

灯光下孤独的身体
穿过一个人的世界
一双手练习生活的全部
一双脚走过寒冷的冬天

白雪茫茫
汉字画出一棵树的茂盛
一颗心的辽阔
填写一个人悲伤的甜蜜

星空下
受过伤、流过泪的地方划破手指
血一滴滴绽放诗歌的原野
茂密的身体抒写
一个孤独而自由的灵魂

乌有之乡

一列火车载着海男落户碧色寨
百年滇越铁路的苍凉窜动视野
湿润的眼睛收藏碧色寨传说故事
斑驳的往事
接壤碧色寨的山川河流

一列小火车如一道光
时慢时缓穿越米轨
一次又一次碾压百年的沧桑
铁轨流淌的时间中
海男秘密地潜入碧色寨
独自寻找特级火车站原貌
寻找《碧色寨之恋》的乌有之乡

柔软的风吹开书页
一只白天鹅站立草丛
驻守碧色寨的灵魂

慢慢打开飞翔的翅膀

叙述生命中碧色寨的灵魂

众神秘密穿越世界

一曲《漫歌：碧色寨》

转动一生一世的守望

货拉拉车里的海男

4月初

著名诗人画家海男

举办个人画展

我和她一起去布展

密封的货拉拉车来了

一幅一幅画搬上货厢

我们坐在密封的货厢里

身体左右摇摆颠簸

海男说：这是小时候的经历

一生坐过牛车、马车、拖拉机……

我也有同样的经历

坐货车顶上、坐夜班车出差

整个包和手机被小偷偷了

身无分文只有搭车回家

人生如一座山

一段曲折的盘山路

留下一个人一生的经历
和颠沛流离的生活

海男令我敬佩
一个伟大作家一个诗人画家
能屈能伸
她爬上货拉拉车厢的瞬间
仿佛爬上人生的又一个旅程
手扶每一幅画
生命中的每一个作品
在货拉拉车厢中诞生
她用双手抚摸大地的版图
赤裸的双脚走遍云南
森林﹑高山、峡谷、江河……
自由的灵魂解开地球密码
抒写神秘魔幻的色域漫记

每天和海男散步空中花园

每天和海男散步空中花园
夕阳攒动细碎的脚步
神秘的符号
缠绕红裙舞动圆圈

风神吹走忧愁
诗人漫步
云端下的一束光
穿过千里之外
一片片树叶咀嚼树根
一个脚印弥漫神的魔法
一双翅膀拍打
双手合十的内心

海男一生喜欢鲜花

海男一生喜欢鲜花
她住严家地时
书桌上，柜子上，马桶盖上
都插满了鲜花以敬奉自己
敬献天地菩萨
直到今天送花师傅5天送一次鲜花
都帮我订一份
说：送花师傅跑一趟不容易啊
多订一份才有利润

幸福的我分享着送来的鲜花
每一朵鲜花是她生命的象征
开放她一生的善良慈爱
花开人富贵
她如美丽的鲜花永远绽放……

童真世界

天空的孩子

张开翅膀成为天空的孩子
收拢翅膀抵达绿色的麦田
风压低翅膀
麦浪中翻滚
抖落白云和流水

衔草搭窝
翻动麦田繁衍后代
潮起潮落一生眷恋

天空的孩子
飞翔辽阔的大地
如归来的游子
寻找母亲的怀抱

翻越时间的脊梁

一千零一夜的故事
从一只风筝飞出
拉紧手中的线
放飞童年

天空云朵越来越轻
飞翔的翅膀越来越重
翻越时间的脊梁
一根线丈量天空
支撑的力量
缠绕大地的脚步

孩子们的鸟语

飞流直下
沉默的大地回荡三千尺涛声
羽毛划过银河九天
身披细密的水珠
吮吸水和冰冷的岩石

鸟鸣啄穿山谷的深渊
沿茶马古道的深处流淌
孩子们的鸟语穿过云层
云朵飘泊
旷野深处一个惊魂的秘境
碰撞神圣的母语

一声鸟鸣抛出大地
阳光眷顾枯槁的手指
花缀满枝头
神的孩子

闪着翅膀掠过花海

落下的雪开出花朵
转世的安详覆盖枯草
干涸的土地
诞生阵痛后的鸟鸣

童 声

鲜花和童声开放
清脆的笑声唤醒
树上的鸟儿
青草摇晃一串串露珠

一群孩子鲜嫩的呼唤
开放原野
一朵朵花一盏盏灯
带走心中的温暖

童年的歌

石头落地
堆砌一座城堡
石头的模样如一群孩子
爬上城堡

星星眨眼
顽皮的石头讲述
一个个童话故事
一群孩子如一堆石头
在快乐城堡中
吟唱童年的歌

时间转动手指

时间转动手指
鸟的翅膀飞过天空

交换左翼和右翼
丰满的羽毛掠过春天
温情的陶醉
依偎大地的深渊
翅膀滑行一个世界的风景
拉紧左手右手中的风筝
一起飞翔
穿越狂风暴雨的火线

命如草

山里的孩子

满身都是泥土

放羊时脸上脚上沾满青草味

水塘边放鸡鸭

泥塘里抓蝌蚪和小鱼

大雨时跳进水塘

荷叶下躲雨

快乐自己的世界

山里的孩子挣扎地活着

寒冷时喝姜汤

生病时老人采摘草叶泥土做药

生命在草叶中煎熬

生与死抗争中

巫师的咒语如苍天的安排

孩子的命如一根草

挣扎地活在山里

婴儿的笑声

一朵花长久地开放在婴儿的笑声中

一束光抹去婴儿的哭声

年轻的母亲如花

抚育我们长大

青春的黑发卷走风浪

微笑中细数逝去的年轮

每一根皱纹每一根白发

穿梭母亲劳累的时光

在阳光中安静地躺一躺

一根长长的白发舒缓叹息

整整一生走完青春的黑发

白发中留下婴儿的笑声和岁月的沧桑

一团求生的火焰

婴儿啼哭声中
一个新生命诞生
一团求生的火焰
人生便开始了
九死一生的磨难

匆匆地接受了
一生又一生
一代又一代
生与死的轮回
传宗的香火
延续人类一样的人生

风的信号摇动

风的信号摇动
秋千上的一群孩子
荡漾轻盈的翅膀

藤蔓缠绕胸腔
一群蓬勃的鸟
舞动天空大地
叶片伸进掌心
生命的奇迹
在手指上悄悄流血
树枝挥动手臂
拥抱太阳下的一群孩子

橘红的台灯

睁开眼睛
一群孩子书写横折撇捺
饥饿的双眼打开一个世界
一个字一个字认读
淘气的小人书
橘红的台灯下
词语排队
长出翅膀遨游天空

成长的青涩
一个字一个字
咀嚼黑夜和白天
方正的身躯长出麦子和狂野
挺直脊梁在大地上
摸爬滚打一生

小小的生命

1.

高原的天空下
一朵野花向着太阳发笑
上帝赐一双耳朵
听山的呼啸　风的怒吼
风中吟唱山谷的歌

小小的生命
临近悬崖
弯曲的身子留下风的形状
跌落的花瓣流淌深山峡谷
花开花落小小生命埋在荒野中

2.

一张彩色的糖纸

夹在书里
放在眼睛上看天空
蓝色的天空金色的云朵
飘着一个小女孩
晶莹的露珠写给了时间

滚动的甜蜜
如一封旧信拆开童年的记忆

双手剥开一个新的世界

小手握拳
胎儿在母亲的腹中长大
脱胎换骨降临人世
松开握紧的双手
第一粒曙光沐浴人世间

重组音乐的时光
从小手到大手
剖腹一个生命中的肉体
双手剥开一个新的世界

近在咫尺

一对孪生姐妹
近在咫尺
从不言说　相守一生
咀嚼看不见的时光

一生一世相依相偎
活在时间的岁月中
坚硬的牙
咬碎生活的五味杂粮
柔软的舌头
尝尽一生的酸甜苦辣
黑白相伴摩擦殆尽
每一分每一秒
延续活着的生命